COLLECTION FOLIO

C'est la fête !

La littérature en fêtes

Gallimard

Ah ! la danse ! la danse
Qui fait battre le cœur !

LÉON TOLSTOÏ

La Guerre et la Paix

Soudain tout fut en émoi, la foule chuchota, s'avança, puis s'écarta, et au milieu d'une haie de spectateurs, au son d'une fanfare, l'empereur apparut, suivi des maîtres de la maison. Il avançait, en saluant à droite et à gauche, et semblait avoir hâte d'échapper à cette corvée de la réception. L'orchestre jouait une polonaise, fort en vogue à cette époque à cause des paroles dont on l'accompagnait :

Alexandre, Élisabeth,
Vous faites nos délices...

L'empereur passa dans le salon ; la foule se massa aux portes ; certaines personnes, avec des figures de circonstance, se glissèrent dans cette pièce, puis en ressortirent. La foule alors se replia et l'on aperçut l'empereur en conversation avec son hôtesse. Un jeune homme, la mine troublée, fonça sur les dames en les suppliant de faire place. Quelques-unes, dont les traits marquaient un oubli total des convenances mondaines, n'en persistèrent pas moins à se disputer le premier rang, au grand dommage de leurs toilettes. Les cavaliers s'approchèrent de leurs dames et des couples se formèrent pour la polonaise.

Tout le monde enfin s'écarta, et l'empereur, souriant, apparut à la porte du salon ; il conduisait son hôtesse par la main, sans marcher en mesure. Derrière, suivait le maître de la maison avec Marie Antonovna Narychkine, puis les ambassadeurs, les ministres, des généraux, que nommait sans se lasser Mlle Péronski. Plus de la moitié des dames avaient été engagées et prenaient place pour la polonaise. Natacha s'aperçut alors que sa mère, Sonia et elle figuraient parmi le petit nombre qui se trouvait réduit à faire tapisserie. Elle restait là debout, ses bras grêles pendants, sa gorge à peine naissante tout en émoi, retenant sa respiration ; ses yeux brillants, inquiets, regardaient devant elle ; sa mine indécise convenait aussi bien à l'attente d'une grande joie qu'à celle d'un grand chagrin. Ni l'empereur ni les grands personnages qu'avait désignés Mlle Péronski ne la préoccupaient. Elle ne songeait qu'à une chose : « Est-ce que vraiment personne ne viendra m'engager ? Ne danserai-je pas parmi les premiers couples ? Ne serai-je pas remarquée de tous ces messieurs, qui maintenant semblent ne pas me voir ou, s'ils me regardent, ont l'air de dire : "Ah ! ce n'est pas elle, détournons les yeux." Non, cela ne peut pas durer. Il faut qu'ils sachent que je veux danser, que je danse à ravir, qu'ils auront grand plaisir à danser avec moi. »

Les accents de la polonaise, qui se prolongèrent assez longtemps, retentissaient maintenant comme des sons lugubres aux oreilles de Natacha ; ils lui donnaient envie de pleurer. Mlle Péronski s'était éloignée. Le comte se trouvait à l'autre bout de la salle ; la comtesse, Sonia et elle-même demeuraient comme perdues au milieu d'un bois dans cette foule étrangère, à qui elles étaient parfaitement indifférentes. Le prince André, menant une dame, passa à son tour, souriant et devisant avec sa danseuse, et jeta sur Natacha le regard indifférent qu'on accorde à une tapisserie. Boris apparut à deux reprises, mais eut soin chaque fois de se détourner. Berg et sa jeune femme, qui ne dansaient point, vinrent les rejoindre. Cette réunion de famille mortifia Natacha : n'y avait-il pas d'autre endroit qu'un bal pour les conversations familiales ? Elle ne prêta pas la moindre attention à Véra qui lui parlait de sa robe verte.

Enfin l'empereur, qui avait déjà dansé avec trois dames, reconduisit sa dernière danseuse, et la musique se tut. Un aide de camp accourut tout effaré auprès des dames Rostov, leur demandant de se ranger encore un peu, bien qu'elles fussent déjà contre la muraille. Du haut de la galerie, l'orchestre attaqua les mesures lentes, entraînantes et bien rythmées de la valse. L'empereur promena sur la salle un regard souriant. Une bonne minute passa sans qu'aucun couple se mît en branle. L'aide de camp ordonnateur s'approcha de la comtesse Bézoukhov et l'engagea. Sans le regarder, elle lui posa, en souriant, la main sur l'épaule. L'aide de camp, danseur consommé, sûr de lui, enlaça sans hâte, mais vigoureusement, sa cavalière, l'entraîna, d'abord en glissant jusqu'à l'extrémité du cercle, puis, lui saisissant la main gauche, la fit pivoter et, au rythme toujours plus accéléré de la musique, on n'entendit plus que le tintement cadencé des éperons aux pieds agiles du danseur, tandis que, tous les trois temps, la robe de velours de sa danseuse semblait lancer des flammes. Natacha, les yeux rivés sur ce couple, se sentait prête à pleurer : pourquoi n'était-ce point elle qui dansait ce premier tour de valse ?

Le prince André, dans son uniforme blanc de colonel de cavalerie, en bas de soie et escarpins, l'air gai et animé, se tenait au premier rang, non loin des Rostov. Le baron Vierhof s'entretenait avec lui de la première séance du Conseil d'Empire, qui devait avoir lieu le lendemain. En tant que familier de Spéranski et membre de la commission de législation, le prince pouvait fournir des renseignements précis sur cette séance, dont l'annonce était différemment interprétée. Mais, sans prêter l'oreille aux propos de Vierhof, il portait ses regards tantôt sur l'empereur, tantôt sur les danseurs, qui ne se résolvaient toujours pas, quelque envie qu'ils en eussent, à entrer dans la danse. Tandis qu'il observait ces cavaliers intimidés par la présence de l'empereur et ces cavalières mourant d'envie d'être invitées, Pierre s'approcha de lui et le prit par le bras.

— Vous qui dansez toujours, il y a ici ma *protégée*, la jeune Rostov, engagez-la donc, lui dit-il.

— Où est-elle ? demanda Bolkonski. Excusez-moi, dit-il au baron, nous poursuivrons cet entretien ailleurs, mais au bal il faut danser.

Il s'avança dans la direction indiquée par Pierre. Le visage désolé de Natacha lui sauta bientôt aux yeux. Il la reconnut, devina le sentiment qui l'agitait, comprit qu'elle était une débutante, et, d'un air joyeux, il s'approcha de la comtesse Rostov.

— Permettez-moi de vous présenter ma fille, dit celle-ci en rougissant.

— Nous sommes de vieilles connaissances, la comtesse s'en souvient peut-être, dit André avec un profond salut, dont la courtoisie démentait complètement ce que Mlle Péronski avait dit de sa rudesse. Avant même d'avoir achevé de formuler son invitation, il avança le bras pour enlacer la taille de Natacha. Il lui proposa un tour de valse. Le visage soucieux de Natacha, prêt à refléter le désespoir comme l'extrême joie, s'éclaira soudain d'un sourire enfantin, heureux et reconnaissant.

« Il y a longtemps que je t'attendais », semblait dire ce sourire qui avait percé à travers des larmes toutes proches, tandis que la jeune fille à la fois effrayée et radieuse appuyait sa main sur l'épaule du prince. Ils furent le second couple à se lancer dans le cercle. Le prince était un des premiers danseurs de son temps. Natacha dansait, elle aussi, à la perfection. Ses petits pieds, rapides et légers dans leurs souliers de satin, semblaient être animés d'un mouvement propre ; son visage rayonnait de bonheur. En comparaison de ceux d'Hélène, son cou et ses bras nus étaient maigres et plutôt laids. Certes ses épaules n'étaient pas encore pleines ni sa gorge encore formée ; mais Hélène paraissait comme patinée par le feu des mille regards qui avaient glissé sur son corps, tandis que Natacha n'était qu'une fillette que l'on a décolletée pour la première fois et qui en aurait eu grand-honte si on ne lui avait affirmé que c'était indispensable.

Le prince André aimait la danse ; désireux d'échapper au plus tôt aux entretiens politiques et sérieux dont on l'accablait, et aussi pour dissiper l'atmosphère de contrainte causée par la présence de l'empereur, il s'était décidé à valser ; il avait choisi Natacha, pour faire plaisir à Pierre, parce qu'elle était la première jolie personne qui eût attiré son regard ; mais, dès qu'il eut enlacé sa taille mince et souple, dès qu'il la sentit se mouvoir si près de lui, dès qu'il la vit lui sourire de si près, le charme de la jeune fille le grisa et lui monta à la tête. Et il éprouva comme un regain de jeunesse et de vie lorsque, tout essoufflé, après l'avoir reconduite à sa place, il s'arrêta pour regarder les autres danseurs.

HONORÉ DE BALZAC

Le bal de Sceaux

Il était grand, rêveur et solitaire. Légèrement appuyé sur une des colonnes qui supportent le toit, il avait les bras croisés et se tenait gracieusement penché comme s'il se fût placé là pour permettre à un peintre de faire son portrait. Mais cette attitude distinguée, pleine d'élégance et de fierté, n'avait rien de forcé : c'était chez lui une pose sans affectation. Aucun geste ne démontrait qu'il eût mis sa face de trois quarts et qu'il eût faiblement incliné sa tête à droite, comme Alexandre, lord Byron, et quelques autres grands génies, dans le seul but d'attirer sur lui l'attention. Son regard fixe et immobile paraissait suivre une danseuse, et prouvait qu'il était absorbé par cette contemplation. De beaux cheveux noirs se bouclaient naturellement sur son front élevé. Une de ses mains tenait à la fois son chapeau et une petite cravache. Enfin l'inconnu avait cette taille svelte et dégagée qui rappelle à la mémoire les belles proportions de l'Apollon.

En un seul coup d'œil mademoiselle de Fontaine remarqua l'extrême finesse de son linge, la fraîcheur de ses gants de daim sortis des ateliers de Walker, et la petitesse d'un pied merveilleusement chaussé dans une botte du cuir le plus fin. Il n'avait sur lui aucun de ces ignobles brimborions dont se chargent les anciens petits-maîtres de la garde nationale, ou les Adonis de comptoir. Seulement un ruban noir auquel était suspendu son lorgnon flottait sur un gilet d'une blancheur irréprochable.

Jamais la difficile Émilie n'avait vu les yeux d'un homme ombragés par des cils aussi longs et aussi recourbés. Sa bouche semblait toujours prête à sourire et à relever les coins de deux lèvres éloquentes ; mais cette disposition n'annonçait pas de gaieté. C'était plutôt une sorte de grâce triste. La mélancolie et la passion respiraient dans cette figure d'un teint olivâtre et mâle.

L'observateur le plus rigide n'aurait pu s'empêcher de penser, en voyant l'inconnu, que c'était un homme de talent attiré de sa région supérieure à cette fête de village par un intérêt puissant. Il y avait trop d'avenir dans cette tête, trop de distinction dans sa personne, pour qu'on pût en dire : — Voilà un bel homme, ou un joli homme. C'était un de ces personnages qu'on désire connaître.

Cette masse d'observations ne coûta guère à Émilie que deux minutes d'attention, pendant laquelle cet homme privilégié fut soumis à une analyse sévère, et après laquelle il devint l'objet d'une silencieuse et secrète admiration. Elle ne se dit pas : — Il faut qu'il soit pair de France ! mais : — Oh ! s'il est noble, et il doit l'être...

Elle n'acheva pas sa pensée, et se levant tout à coup, elle alla, suivie de son frère le lieutenant général, jusqu'à cette colonne en paraissant regarder avec une merveilleuse attention les joyeux quadrilles ; mais, par un artifice d'optique familier à plus d'une dame, elle ne perdait pas un seul des mouvements du jeune homme dont elle s'approcha. Lorsqu'elle fut auprès de lui, il s'éloigna poliment, comme pour céder la place aux deux survenants, et il alla, près de là, s'appuyer sur une autre colonne.

La capricieuse jeune fille fut aussi piquée de la politesse de l'étranger qu'elle l'eût été d'une impertinence ; et alors, dans son dépit, elle se mit à causer avec son frère en élevant la voix beaucoup plus que le bon ton ne le permettait. Elle prit des airs de tête, fit des gestes gracieux, et rit sans trop en avoir sujet, moins pour amuser son frère, que pour attirer l'attention de l'imperturbable inconnu.

Aucun de ces petits artifices ne réussit. Alors mademoiselle de Fontaine, suivant des yeux la direction que prenaient les regards du jeune homme, aperçut la cause de cette insouciance apparente.

Au milieu du quadrille qui se trouvait devant elle, dansait une jeune personne charmante, simple, pâle, et semblable à ces déités écossaises que Girodet a placées dans son immense composition des guerriers français reçus par Ossian. Émilie crut reconnaître en elle une jeune vicomtesse anglaise qui était venue habiter depuis peu une campagne voisine.

Elle avait pour cavalier un jeune homme de quinze ans, aux mains rouges, en pantalon de nankin, en habit bleu, en souliers blancs. Il était facile de voir que son amour pour la danse ne la rendait pas difficile sur le choix de ses *partners*. Ses mouvements ne se ressentaient pas de son apparente faiblesse ; mais une rougeur légère colorait déjà ses joues blanches, et son teint commençait à s'animer.

Mademoiselle de Fontaine s'approcha du quadrille pour pouvoir examiner l'étrangère au moment où elle reviendrait à sa place, pendant que les vis-à-vis répéteraient la figure qu'elle exécutait alors. Lorsque Émilie commença cet examen, elle vit l'inconnu s'avancer, se pencher vers la jolie danseuse, et elle put entendre distinctement ces paroles, quoiqu'elles fussent prononcées d'une voix à la fois impérieuse et douce :

— Clara, je ne veux plus que vous dansiez.

Clara fit une petite moue boudeuse, mais elle inclina la tête en signe d'obéissance et finit par sourire.

MARCELINE DESBORDES-VALMORE

La danse de nuit

Ah ! la danse ! la danse
Qui fait battre le cœur !
C'est la vie en cadence
Enlacée au bonheur !

Accourez, le temps vole,
Saluez, s'il vous plaît ;
L'orchestre a la parole
Et le bal est complet.

Sous la lune étoilée
Quand brunissent les bois
Chaque fête étoilée
Jette lumière et voix.

Les fleurs plus embaumées
Rêvent qu'il fait soleil,
Et nous, plus animées,
Nous n'avons pas sommeil.

Flamme et musique en tête,
Enfants, ouvrez les yeux,
Et frappez, à la fête,
Vos petits pieds joyeux.

Ne renvoyez personne !
Tout passant dansera ;
Et bouquets ou couronne
Tout danseur choisira !

Sous la nuit et ses voiles
Que nous illuminons,
Comme un cercle d'étoiles,
Tournons en chœur, tournons !

Oh ! la danse ! la danse
Qui fait battre le cœur !
C'est la vie en cadence
Enlacée au bonheur !

ALFRED DE MUSSET

La Confession d'un enfant du siècle

Il était environ dix heures du soir, lorsqu'après une journée entière de bruit et de fatigues, nous nous rendîmes chez Desgenais, qui nous avait devancés de quelques heures pour faire ses préparatifs. L'orchestre était déjà en train, et le salon rempli à notre arrivée.

La plupart des danseuses étaient des filles de théâtre ; on m'expliqua pourquoi celles-là valent mieux que les autres ; c'est que tout le monde se les arrache.

À peine entré, je me lançai dans le tourbillon de la valse. Cet exercice vraiment délicieux m'a toujours été cher ; je n'en connais pas de plus noble, ni qui soit plus digne en tout d'une belle femme et d'un jeune garçon ; toutes les danses, au prix de celle-là, ne sont que des conventions insipides ou des prétextes pour les entretiens les plus insignifiants. C'est véritablement posséder en quelque sorte une femme, que de la tenir une demi-heure dans ses bras et de l'entraîner ainsi, palpitante malgré elle, et non sans quelque risque, de telle sorte qu'on ne pourrait dire si on la protège ou si on la force. Quelques-unes se livrent alors avec une si voluptueuse pudeur, avec un si doux et si pur abandon, qu'on ne sait si ce qu'on ressent près d'elles est du désir ou de la crainte, et si, en les serrant sur son cœur, on se pâmerait ou on les briserait comme des roseaux. L'Allemagne, où l'on a inventé cette danse, est à coup sûr un pays où l'on aime.

Je tenais dans mes bras une superbe danseuse d'un théâtre d'Italie, venue à Paris pour le carnaval ; elle était en costume de bacchante, avec une robe de peau de panthère. Jamais je n'ai rien vu de si languissant que cette créature. Elle était grande et mince, et, tout en valsant avec une rapidité extrême, elle avait l'air de se traîner ; à la voir, on eût dit qu'elle devait fatiguer son valseur ; mais on ne la sentait pas, elle courait comme par enchantement.

Sur son sein était un bouquet énorme, dont les parfums m'enivraient malgré moi. Au moindre mouvement de mon bras, je la sentais plier comme une liane des Indes, pleine d'une mollesse si douce et si sympathique, qu'elle m'entourait comme d'un voile de soie embaumée. À chaque tour, on entendait à peine un léger froissement de son collier sur sa ceinture de métal ; elle se mouvait si divinement que je croyais voir un bel astre, et tout cela avec un sourire, comme une fée qui va s'envoler. La musique de la valse, tendre et voluptueuse, avait l'air de lui sortir des lèvres, tandis que sa tête, chargée d'une forêt de cheveux noirs tressés en nattes, penchait en arrière, comme si son cou eût été trop faible pour la porter.

Lorsque la valse fut finie, je me jetai sur une chaise au fond d'un boudoir ; mon cœur battait, j'étais hors de moi. — Ô Dieu ! m'écriai-je, comment cela est-il possible ? Ô monstre superbe ! ô beau reptile, comme tu enlaces ! comme tu ondoies, douce couleuvre, avec ta peau souple et tachetée ! comme ton cousin le serpent t'a appris à te rouler autour de l'arbre de la vie, avec la pomme dans les lèvres ! Ô Mélusine ! ô Mélusine ! les cœurs des hommes sont à toi. Tu le sais bien, enchanteresse, avec ta moelleuse langueur qui n'a pas l'air de s'en douter. Tu sais bien que tu perds, tu sais bien que tu noies ; tu sais qu'on va souffrir lorsqu'on t'aura touchée ; tu sais qu'on meurt de tes sourires, du parfum de tes fleurs, du contact de tes voluptés ; voilà pourquoi tu te livres avec tant de mollesse, voilà pourquoi ton sourire est si doux, tes fleurs si fraîches ; voilà pourquoi tu poses si doucement ton bras sur nos épaules. Ô Dieu ! ô Dieu ! que veux-tu donc de nous ?

Le professeur Hallé a dit un mot terrible : « La femme est la partie nerveuse de l'humanité, et l'homme la partie musculaire. » Humboldt lui-même, ce savant grave et sérieux, a dit qu'autour des nerfs humains était une atmosphère invisible. Je ne parle pas des rêveurs qui suivent le vol tournoyant des chauves-souris de Spallanzani, et qui pensent avoir trouvé un sixième sens à la nature. Telle qu'elle est, ses mystères sont bien assez redoutables, ses puissances bien assez profondes, à cette nature qui nous crée, nous raille et nous tue, sans qu'il faille encore épaissir les ténèbres qui nous entourent ! Mais quel est l'homme qui croit avoir vécu, s'il nie la puissance des femmes ? s'il n'a jamais quitté une belle danseuse avec des mains tremblantes ? s'il n'a jamais senti ce je ne sais quoi indéfinissable, ce magnétisme énervant qui, au milieu d'un bal, au bruit des instruments, à la chaleur qui fait pâlir les lustres, sort peu à peu d'une jeune femme, l'électrise elle-même, et voltige autour d'elle comme le parfum des aloès sur l'encensoir qui se balance au vent ?

J'étais frappé d'une stupeur profonde. Qu'une semblable ivresse existât quand on aime, cela ne m'était pas nouveau ; je savais ce que c'était que cette auréole dont rayonne la bien-aimée. Mais exciter de tels battements de cœur, évoquer de pareils fantômes, rien qu'avec sa beauté, des fleurs et la peau bigarrée d'une bête féroce ! avec de certains mouvements, une certaine façon de tourner en cercle, qu'elle a apprise de quelque baladin, avec les contours d'un beau bras ; et cela sans une parole, sans une pensée, sans qu'elle daigne paraître le savoir ! Qu'était donc le chaos, si c'est là l'œuvre des sept jours ?

Ce n'était pourtant pas de l'amour que je ressentais, et je ne puis dire autre chose sinon que c'était de la soif. Pour la première fois de ma vie je sentais vibrer dans mon être une corde étrangère à mon cœur. La vue de ce bel animal en avait fait rugir un autre dans mes entrailles. Je me tâtais comme pour m'éveiller ; j'appelais à mon secours ma vie passée. Je sentais bien que je n'aurais pas dit à cette femme que je l'aimais, ni qu'elle me plaisait, ni même qu'elle était belle ; il n'y avait rien sur mes lèvres que l'envie de baiser les siennes, de lui dire : Ces bras nonchalants, fais-m'en une ceinture ; cette tête penchée, appuie-la sur moi ; ce doux sourire, colle-le sur ma bouche. Mon corps aimait le sien ; j'étais pris de beauté comme on est pris de vin.

Desgenais passa, qui me demanda ce que je faisais là. — Quelle est cette femme ? lui dis-je. Il me répondit : — Quelle femme ? de qui voulez-vous parler ?

Je le pris par le bras et le menai dans la salle. L'Italienne nous vit venir. Elle sourit ; je fis un pas en arrière.

— Ah ! ah ! dit Desgenais, vous avez valsé avec Marco ?

— Qu'est-ce que c'est que Marco ? lui dis-je.

— Eh ! c'est cette fainéante qui rit là-bas ; est-ce qu'elle vous plaît ?

— Non, répliquai-je ; j'ai valsé avec elle et je voulais savoir son nom ; elle ne me plaît pas autrement.

C'était la honte qui me faisait parler ainsi ; mais dès que Desgenais m'eut quitté, je courus après lui.

— Vous êtes bien prompt, dit-il en riant. Marco n'est pas une fille ordinaire ; elle est entretenue et presque mariée à M. de ***, ambassadeur à Milan. C'est un de ses amis qui me l'a amenée.

Cependant, ajouta-t-il, comptez que je vais lui parler ; nous ne vous laisserons mourir qu'autant qu'il n'y aura pas d'autre ressource. Il se peut qu'on obtienne de la laisser ici à souper.

Il s'éloigna là-dessus. Je ne saurais dire quelle inquiétude je ressentis en le voyant s'approcher d'elle ; mais je ne pus les suivre ; ils se dérobèrent dans la foule.

— Est-ce donc vrai, me disais-je, en viendrais-je là ? Eh quoi ! en un instant ? Ô Dieu ! serait-ce là ce que je vais aimer ? Mais après tout, pensai-je, ce sont mes sens qui agissent ; mon cœur n'est pour rien là-dedans.

Ainsi je cherchais à me tranquilliser. Cependant, quelques instants après, Desgenais me frappa l'épaule. — Nous souperons tout à l'heure, me dit-il ; vous donnerez le bras à Marco ; elle sait qu'elle vous a plu, et cela est convenu.

— Écoutez, lui dis-je, je ne sais ce que j'éprouve. Il me semble que je vois Vulcain au pied boiteux couvrant Vénus de ses baisers, avec sa barbe enfumée dans sa forge. Il fixe ses yeux effarés sur la chair épaisse de sa proie. Il se concentre dans la vue de cette femme, son bien unique ; il s'efforce de rire de joie, il fait comme s'il frémissait de bonheur ; et pendant ce temps-là il se souvient de son père Jupiter, qui est assis au haut des cieux.

Desgenais me regarda sans répondre ; il me prit le bras et m'entraîna. — Je suis fatigué, me dit-il, je suis triste ; ce bruit me tue. Allons souper, cela nous remontera.

Le souper fut splendide, mais je ne fis qu'y assister. Je ne pouvais toucher à rien ; les lèvres me défaillaient. — Qu'avez-vous donc ? me dit Marco. Mais je restais comme une statue, et je la regardais de la tête aux pieds dans un muet étonnement.

Elle se mit à rire. Desgenais aussi, qui nous observait de loin. Devant elle était un grand verre de cristal taillé en forme de coupe, qui reflétait sur mille facettes étincelantes la lumière des lustres, et qui brillait comme le prisme des sept couleurs de l'arc-en-ciel. Elle étendit son bras nonchalant, et l'emplit jusqu'au bord d'un flot doré de vin de Chypre, de ce vin sucré d'Orient que j'ai trouvé si amer plus tard sur la grève déserte du Lido. — Tenez, dit-elle en me le présentant, *per voi, bambino mio*.

— Pour toi et moi, lui dis-je, en lui présentant le verre à mon tour. Elle y trempa ses lèvres, et je le vidai avec une tristesse qu'elle sembla lire dans mes yeux.

— Est-ce qu'il est mauvais ? dit-elle. — Non, répondis-je. — Ou si vous avez mal à la tête ? — Non. — Ou si vous êtes las ? — Non. — Ah ! donc, c'est un ennui d'amour ? En parlant ainsi dans son jargon, ses yeux devenaient sérieux. Je savais qu'elle était de Naples, et malgré elle, en parlant d'amour, son Italie lui battait dans le cœur.

Une autre folie vint là-dessus. Déjà les têtes s'échauffaient, les verres se choquaient ; déjà montait sur les joues les plus pâles cette pourpre légère dont le vin colore les visages, comme pour défendre à la pudeur d'y paraître : un murmure confus, semblable à celui de la marée montante, grondait par secousses ; les regards s'enflammaient çà et là, puis tout à coup se fixaient et restaient vides ; je ne sais quel vent faisait flotter l'une vers l'autre toutes ces ivresses incertaines. Une femme se leva, comme dans une mer encore tranquille la première vague qui sent la tempête, et qui se dresse pour l'annoncer ; elle fit signe de la main pour demander le silence, vida son verre d'un coup, et, du mouvement qu'elle fit, elle se décoiffa ; une nappe de cheveux dorés lui roula sur les épaules ; elle ouvrit les lèvres, et voulut entonner une chanson de table ; son œil était à demi fermé. Elle respirait avec effort ; deux fois un son rauque sortit de sa poitrine oppressée ; une pâleur mortelle la couvrit tout à coup, et elle retomba sur sa chaise.

Alors commença un vacarme qui, pendant plus d'une heure que dura encore le souper, ne cessa pas jusqu'à la fin. Il était impossible d'y rien distinguer, ni les rires, ni les chansons, pas même les cris.

— Qu'en pensez-vous ? me dit Desgenais.
— Rien, répondis-je, je me bouche les oreilles et je regarde.

Au milieu de ce bacchanal, la belle Marco restait muette, ne buvant pas, appuyée tranquillement sur son bras nu et laissant rêver sa paresse. Elle ne semblait ni étonnée ni émue. — N'en voulez-vous pas faire autant qu'eux ? lui demandai-je ; vous qui m'avez offert du vin de Chypre tout à l'heure, ne voulez-vous pas y goûter aussi ? Je lui versai, en disant cela, un grand verre plein jusqu'au bord ; elle le souleva lentement, le but d'un trait, puis le reposa sur la table, et reprit son attitude distraite.

Plus j'observais cette Marco, plus elle me paraissait singulière ; elle ne prenait plaisir à rien, mais ne s'ennuyait pas non plus de rien. Il paraissait aussi difficile de la fâcher que de lui plaire ; elle faisait ce qu'on lui demandait, mais rien de son propre mouvement. Je pensai au génie du repos éternel, et je me disais que, si cette pâle statue devenait somnambule, elle ressemblerait à Marco.

— Es-tu bonne ou méchante ? lui disais-je ; triste ou gaie ? As-tu aimé ? veux-tu qu'on t'aime ? aimes-tu l'argent, le plaisir, quoi ? les chevaux, la campagne, le bal ? Qui te plaît ? à quoi rêves-tu ? Et à toutes ces demandes le même sourire de sa part, un sourire sans joie et sans peine, qui voulait dire : Qu'importe ? et rien de plus.

J'approchai mes lèvres des siennes ; elle me donna un baiser, distrait et nonchalant comme elle, puis elle porta son mouchoir à sa bouche. — Marco, lui dis-je, malheur à qui t'aimerait !

Elle abaissa sur moi un œil noir, puis le leva au ciel, et, mettant un doigt en l'air, avec ce geste italien qui ne s'imite pas, elle prononça doucement le grand mot féminin de son pays : *Forse* !

Parmi les chuchotements,
le champagne et les étoiles

GUSTAVE FLAUBERT

Madame Bovary

Le château, de construction moderne, à l'Italienne, avec deux ailes avançant et trois perrons, se déployait au bas d'une immense pelouse où paissaient quelques vaches, entre des bouquets de grands arbres espacés, tandis que des bannettes d'arbustes, rhododendrons, seringas et boules-de-neige bombaient leurs touffes de verdure inégales sur la ligne courbe du chemin sablé. Une rivière passait sous un pont ; à travers la brume, on distinguait des bâtiments à toit de chaume, éparpillés dans la prairie, que bordaient en pente douce deux coteaux couverts de bois, et par-derrière, dans les massifs, se tenaient, sur deux lignes parallèles, les remises et les écuries, restes conservés de l'ancien château démoli.

Le *boc* de Charles s'arrêta devant le perron du milieu ; des domestiques parurent ; le Marquis s'avança, et, offrant son bras à la femme du médecin, l'introduisit dans le vestibule.

Il était pavé de dalles en marbre, très haut, et le bruit des pas, avec celui des voix, y retentissait comme dans une église. En face montait un escalier droit, et à gauche une galerie donnant sur le jardin conduisait à la salle de billard dont on entendait, dès la porte, caramboler les boules d'ivoire. Comme elle la traversait pour aller au salon, Emma vit autour du jeu des hommes à figure grave, le menton posé sur de hautes cravates, décorés tous, et qui souriaient silencieusement, en poussant leur queue. Sur la boiserie sombre du lambris, de grands cadres dorés portaient, au bas de leur bordure, des noms écrits en lettres noires. Elle lut : « Jean-Antoine d'Andervilliers d'Yverbonville, comte de la Vaubyessard et baron de la Fresnaye, tué à la bataille de Coutras, le 20 octobre 1587. » Et sur un autre : « Jean-Antoine-Henry-Guy d'Andervilliers de la Vaubyessard, amiral de France et chevalier de l'ordre de Saint-Michel, blessé au combat de la Hougue-Saint-Vaast, le 29 mai 1692, mort à la Vaubyessard le 23 janvier 1693. » Puis on distinguait à peine ceux qui suivaient, car la lumière des lampes, rabattue sur le tapis vert du billard, laissait flotter une ombre dans l'appartement. Brunissant les toiles horizontales, elle se brisait contre elles en arêtes fines, selon les craquelures du vernis ; et de tous ces grands carrés noirs bordés d'or sortaient, çà et là, quelque portion plus claire de la peinture, un front pâle, deux yeux qui vous regardaient, des perruques se déroulant sur l'épaule poudrée des habits rouges, ou bien la boucle d'une jarretière au haut d'un mollet rebondi.

Le Marquis ouvrit la porte du salon ; une des dames se leva (la Marquise elle-même), vint à la rencontre d'Emma et la fit asseoir près d'elle, sur une causeuse, où elle se mit à lui parler amicalement, comme si elle la connaissait depuis longtemps. C'était une femme de la quarantaine environ, à belles épaules, à nez busqué, à la voix traînante, et portant, ce soir-là, sur ses cheveux châtains, un simple fichu de guipure qui retombait par-derrière, en triangle. Une jeune personne blonde se tenait à côté, dans une chaise à dossier long ; et des messieurs, qui avaient une petite fleur à la boutonnière de leur habit, causaient avec les dames, tout autour de la cheminée.

À sept heures, on servit le dîner. Les hommes, plus nombreux, s'assirent à la première table, dans le vestibule, et les dames à la seconde, dans la salle à manger, avec le Marquis et la Marquise.

Emma se sentit, en entrant, enveloppée par un air chaud, mélange du parfum des fleurs et du beau linge, du fumet des viandes et de l'odeur des truffes. Les bougies des candélabres allongeaient des flammes sur les cloches d'argent ; les cristaux à facettes, couverts d'une buée mate, se renvoyaient des rayons pâles ; des bouquets étaient en ligne sur toute la longueur de la table, et, dans les assiettes à large bordure, les serviettes, arrangées en manière de bonnet d'évêque, tenaient entre le bâillement de leurs deux plis chacune un petit pain de forme ovale. Les pattes rouges des homards dépassaient les plats ; de gros fruits dans des corbeilles à jour s'étageaient sur la mousse ;

les cailles avaient leurs plumes, des fumées montaient ; et, en bas de soie, en culotte courte, en cravate blanche, en jabot, grave comme un juge, le maître d'hôtel, passant entre les épaules des convives les plats tout découpés, faisait d'un coup de sa cuiller sauter pour vous le morceau qu'on choisissait. Sur le grand poêle de porcelaine à baguette de cuivre, une statue de femme drapée jusqu'au menton regardait immobile la salle pleine de monde.

Madame Bovary remarqua que plusieurs dames n'avaient pas mis leurs gants dans leur verre.

Cependant, au haut bout de la table, seul parmi toutes ces femmes, courbé sur son assiette remplie, et la serviette nouée dans le dos comme un enfant, un vieillard mangeait, laissant tomber de sa bouche des gouttes de sauce. Il avait les yeux éraillés et portait une petite queue enroulée d'un ruban noir. C'était le beau-père du Marquis, le vieux duc de Laverdière, l'ancien favori du comte d'Artois, dans le temps des parties de chasse au Vaudreuil, chez le marquis de Conflans, et qui avait été, disait-on, l'amant de la reine Marie-Antoinette entre MM. de Coigny et de Lauzun. Il avait mené une vie bruyante de débauches, pleine de duels, de paris, de femmes enlevées, avait dévoré sa fortune et effrayé toute sa famille. Un domestique, derrière sa chaise, lui nommait tout haut, dans l'oreille, les plats qu'il désignait du doigt en bégayant ; et sans cesse les yeux d'Emma revenaient d'eux-mêmes sur ce vieil homme à lèvres pendantes, comme sur quelque chose d'extraordinaire et d'auguste. Il avait vécu à la Cour et couché dans le lit des reines !

On versa du vin de Champagne à la glace. Emma frissonna de toute sa peau en sentant ce froid dans sa bouche. Elle n'avait jamais vu de grenades ni mangé d'ananas. Le sucre en poudre même lui parut plus blanc et plus fin qu'ailleurs.

Les dames, ensuite, montèrent dans leurs chambres s'apprêter pour le bal.

Emma fit sa toilette avec la conscience méticuleuse d'une actrice à son début. Elle disposa ses cheveux d'après les recommandations du coiffeur, et elle entra dans sa robe de barège, étalée sur le lit. Le pantalon de Charles le serrait au ventre.

— Les sous-pieds vont me gêner pour danser, dit-il.

— Danser ? reprit Emma.

— Oui !

— Mais tu as perdu la tête ! on se moquerait de toi, reste à ta place. D'ailleurs, c'est plus convenable pour un médecin, ajouta-t-elle.

Charles se tut. Il marchait de long en large, attendant qu'Emma fût habillée.

Il la voyait par-derrière, dans la glace, entre deux flambeaux. Ses yeux noirs semblaient plus noirs. Ses bandeaux, doucement bombés vers les oreilles, luisaient d'un éclat bleu ; une rose à son chignon tremblait sur une tige mobile, avec des gouttes d'eau factices au bout de ses feuilles. Elle avait une robe de safran pâle, relevée par trois bouquets de roses pompon mêlées de verdure.

Charles vint l'embrasser sur l'épaule.

— Laisse-moi ! dit-elle, tu me chiffonnes.

On entendit une ritournelle de violon et les sons d'un cor. Elle descendit l'escalier, se retenant de courir.

GUY DE MAUPASSANT

La parure

Or, un soir, son mari rentra, l'air glorieux et tenant à la main une large enveloppe.

— Tiens, dit-il, voici quelque chose pour toi.

Elle déchira vivement le papier et en tira une carte imprimée qui portait ces mots :

« Le ministère de l'Instruction publique et Mme Georges Ramponneau prient M. et Mme Loisel de leur faire l'honneur de venir passer la soirée à l'hôtel du ministère, le lundi 18 janvier. »

Au lieu d'être ravie, comme l'espérait son mari, elle jeta avec dépit l'invitation sur la table, murmurant :

— Que veux-tu que je fasse de cela ?

— Mais, ma chérie, je pensais que tu serais contente. Tu ne sors jamais, et c'est une occasion, cela, une belle ! J'ai eu une peine infinie à l'obtenir. Tout le monde en veut ; c'est très recherché et on n'en donne pas beaucoup aux employés. Tu verras là tout le monde officiel.

Elle le regardait d'un œil irrité, et elle déclara avec impatience :

— Que veux-tu que je me mette sur le dos pour aller là ?

Il n'y avait pas songé ; il balbutia :

— Mais la robe avec laquelle tu vas au théâtre. Elle me semble très bien, à moi...

Il se tut, stupéfait, éperdu, en voyant que sa femme pleurait. Deux grosses larmes descendaient lentement des coins des yeux vers les coins de la bouche ; il bégaya :

— Qu'as-tu ? qu'as-tu ?

Mais, par un effort violent, elle avait dompté sa peine et elle répondit d'une voix calme en essuyant ses joues humides :

— Rien. Seulement je n'ai pas de toilette et par conséquent je ne peux aller à cette fête. Donne ta carte à quelque collègue dont la femme sera mieux nippée que moi.

Il était désolé. Il reprit :

— Voyons, Mathilde. Combien cela coûterait-il, une toilette convenable, qui pourrait te servir encore en d'autres occasions, quelque chose de très simple ?

Elle réfléchit quelques secondes, établissant ses comptes et songeant aussi à la somme qu'elle pouvait demander sans s'attirer un refus immédiat et une exclamation effarée du commis économe.

Enfin, elle répondit en hésitant :

— Je ne sais pas au juste, mais il me semble qu'avec quatre cents francs je pourrais arriver.

Il avait un peu pâli, car il réservait juste cette somme pour acheter un fusil et s'offrir des parties de chasse, l'été suivant, dans la plaine de Nanterre, avec quelques amis qui allaient tirer des alouettes, par là, le dimanche.

Il dit cependant :

— Soit. Je te donne quatre cents francs. Mais tâche d'avoir une belle robe.

Le jour de la fête approchait, et Mme Loisel semblait triste, inquiète, anxieuse. Sa toilette était prête cependant. Son mari lui dit un soir :

— Qu'as-tu ? Voyons, tu es toute drôle depuis trois jours.

Et elle répondit :

— Cela m'ennuie de n'avoir pas un bijou, pas une pierre, rien à mettre sur moi. J'aurai l'air misère comme tout. J'aimerais presque mieux ne pas aller à cette soirée.

Il reprit :

— Tu mettras des fleurs naturelles. C'est très chic en cette saison-ci. Pour dix francs tu auras deux ou trois roses magnifiques.

Elle n'était point convaincue.

— Non... il n'y a rien de plus humiliant que d'avoir l'air pauvre au milieu de femmes riches.

Mais son mari s'écria :

— Que tu es bête ! Va trouver ton amie Mme Forestier et demande-lui de te prêter des bijoux. Tu es bien assez liée avec elle pour faire cela.

Elle poussa un cri de joie.

— C'est vrai. Je n'y avais point pensé.

Le lendemain, elle se rendit chez son amie et lui conta sa détresse.

Mme Forestier alla vers son armoire à glace, prit un large coffret, l'apporta, l'ouvrit, et dit à Mme Loisel :

— Choisis, ma chère.

Elle vit d'abord des bracelets, puis un collier de perles, puis une croix vénitienne, or et pierreries, d'un admirable travail. Elle essayait les parures devant la glace, hésitait, ne pouvait se décider à les quitter, à les rendre. Elle demandait toujours :

— Tu n'as plus rien autre ?

— Mais si. Cherche. Je ne sais pas ce qui peut te plaire.

Tout à coup elle découvrit, dans une boîte de satin noir, une superbe rivière de diamants ; et son cœur se mit à battre d'un désir immodéré. Ses mains tremblaient en la prenant. Elle l'attacha autour de sa gorge, sur sa robe montante, et demeura en extase devant elle-même.

Puis, elle demanda, hésitante, pleine d'angoisse :

— Peux-tu me prêter cela, rien que cela ?

— Mais oui, certainement.

Elle sauta au cou de son amie, l'embrassa avec emportement, puis s'enfuit avec son trésor.

Le jour de la fête arriva. Mme Loisel eut un succès. Elle était plus jolie que toutes, élégante, gracieuse, souriante et folle de joie. Tous les hommes la regardaient, demandaient son nom, cherchaient à être présentés. Tous les attachés du cabinet voulaient valser avec elle. Le ministre la remarqua.

Elle dansait avec ivresse, avec emportement, grisée par le plaisir, ne pensant plus à rien, dans le triomphe de sa beauté, dans la gloire de son succès, dans une sorte de nuage de bonheur fait de tous ces hommages, de toutes ces admirations, de tous ces désirs éveillés, de cette victoire si complète et si douce au cœur des femmes.

Elle partit vers quatre heures du matin. Son mari, depuis minuit, dormait dans un petit salon désert avec trois autres messieurs dont les femmes s'amusaient beaucoup.

Il lui jeta sur les épaules les vêtements qu'il avait apportés pour la sortie, modestes vêtements de la vie ordinaire, dont la pauvreté jurait avec l'élégance de la toilette de bal. Elle le sentit et voulut s'enfuir, pour ne pas être remarquée par les autres femmes qui s'enveloppaient de riches fourrures.

Loisel la retenait :

— Attends donc. Tu vas attraper froid dehors. Je vais appeler un fiacre.

Mais elle ne l'écoutait point et descendait rapidement l'escalier. Lorsqu'ils furent dans la rue, ils ne trouvèrent pas de voiture ; et ils se mirent à chercher, criant après les cochers qu'ils voyaient passer de loin.

Ils descendaient vers la Seine, désespérés, grelottants. Enfin ils trouvèrent sur le quai un de ces vieux coupés noctambules qu'on ne voit dans

Paris que la nuit venue, comme s'ils eussent été honteux de leur misère pendant le jour.

Il les ramena jusqu'à leur porte, rue des Martyrs, et ils remontèrent tristement chez eux. C'était fini, pour elle. Et il songeait, lui, qu'il lui faudrait être au ministère à dix heures.

OSCAR WILDE

L'anniversaire de l'Infante

Un cortège de garçons nobles, revêtus de fabuleux habits de toréadors, s'avança à sa rencontre, et le jeune comte de Tierra-Nueva, un splendide jouvenceau de quatorze ans, se découvrant avec toute la grâce d'un authentique hidalgo et d'un grand d'Espagne, la conduisit solennellement jusqu'à un petit fauteuil d'or et d'ivoire disposé sur une estrade qui surplombait l'arène. Les enfants, qui chuchotaient tout en agitant leurs grands éventails, s'installèrent tout autour ; Don Pedro et le Grand Inquisiteur, très gais, restèrent debout à l'entrée. Même la Duchesse – la Camarera Mayor, comme on l'appelait –, une femme maigre, aux traits durs, qui portait une fraise jaune, ne paraissait pas d'humeur aussi maussade qu'à l'accoutumée. Une sorte de rictus glacial animait son visage ridé, et tordait ses minces lèvres exsangues.

C'était à coup sûr une merveilleuse course de taureaux, bien plus agréable, songea l'Infante, que la vraie course de taureaux qu'on l'avait emmenée voir à Séville à l'occasion de la visite que le duc de Parme rendait à son père. Certains des garçons caracolaient sur des chevaux de bois richement caparaçonnés en brandissant de longues javelines gaiement enrubannées de flots de couleur vive ; d'autres, démontés, agitaient leurs capes écarlates devant le taureau et bondissaient légèrement par-dessus la barrière lorsqu'il les chargeait ; quant au taureau lui-même, il possédait tous les attributs d'un taureau véritable, à cela près qu'il n'était fait que d'osier et d'une peau tendue, et qu'il lui arrivait de galoper à travers l'arène dressé sur ses pattes de derrière, ce qu'aucun taureau vivant n'aurait jamais imaginé. C'était aussi un magnifique combattant, et les enfants, très excités, se levaient de leurs bancs et agitaient leurs mouchoirs de dentelle en criant : « *Bravo toro ! Bravo toro !* » avec autant d'à-propos que les grandes personnes. Mais au bout du compte, après un combat prolongé pendant lequel plusieurs chevaux de bois furent encornés de part en part – et leurs cavaliers jetés à terre –, le jeune comte de Tierra-Nueva força le taureau à s'agenouiller et, ayant obtenu de l'Infante la permission de donner le *coup de grâce*, plongea son sabre de bois dans le cou de l'animal avec tant de violence que la tête se détacha du tronc, découvrant le visage riant du petit Monsieur de Lorraine, fils de l'ambassadeur de France à Madrid.

On dégagea l'arène sous des applaudissements nourris. Les cadavres des chevaux de bois furent solennellement traînés par deux pages maures en livrée jaune et noir, et après un court intermède pendant lequel un maître de maintien français se livra à un exercice de corde raide, quelques marionnettes italiennes firent leur apparition, dans la tragédie semi-classique de *Sophonisbe*, sur le petit théâtre qui avait été spécialement construit pour l'occasion. Elles jouaient si bien, et leurs gestes avaient tant de naturel, qu'au dénouement les yeux de l'Infante étaient tout embués de larmes. Certains enfants pleuraient pour de bon, et il fallut les consoler à force de friandises. Très ému, le Grand Inquisiteur lui-même ne put s'empêcher de dire à Don Pedro qu'il lui paraissait intolérable que des êtres faits de bois et de cire colorée, et actionnés mécaniquement par des fils de fer, fussent si malheureux et connussent de si terribles mésaventures.

Parut ensuite un jongleur africain portant un grand panier plat, recouvert d'un drap rouge, qu'il posa au centre de l'arène avant de tirer de son turban une curieuse flûte de bambou dans laquelle il souffla. Quelques instants plus tard le drap se mit à bouger et, tandis que les accents de la flûte se faisaient de plus en plus nasillards, deux serpents vert et doré montrèrent leur étrange tête en coin et s'élevèrent lentement, ondulant au rythme de la musique comme une plante au milieu de l'eau. Mais les enfants avaient plutôt peur de leurs capuchons mouchetés et des brusques mouvements de leurs langues dardées. Ils préférèrent de beaucoup voir le jongleur faire sortir du sable un oranger minuscule, chargé de mignons pétales blancs et de grappes de fruits authentiques, et, quand il s'empara de l'éventail de la toute petite fille du marquis de Las Torres et le changea en un oiseau bleu qui survola la tente en chantant, leur joie et leur stupéfaction ne connurent plus de bornes. Le menuet solennel, qu'interprétèrent les petits danseurs de l'église Nuestra Señora del Pilar, fut lui aussi charmant. Jamais encore l'Infante n'avait assisté à cette cérémonie merveilleuse qui se déroule chaque année au mois de mai devant le maître-autel de la Vierge, et en l'honneur de celle-ci ; d'ailleurs, aucun membre de la famille royale d'Espagne n'avait pénétré dans la noble cathédrale de Saragosse depuis qu'un prêtre dément, que beaucoup croyaient stipendié par Élisabeth d'Angleterre, avait tenté d'administrer la communion au prince des Asturies avec une hostie empoisonnée. Elle ne connaissait donc que par ouï-dire la « Danse de Notre-Dame », ainsi qu'on l'appelait, et c'était à coup sûr un spectacle splendide. Les enfants portaient, selon l'ancienne mode de la Cour, des habits de velours blanc ; leurs curieux tricornes étaient galonnés d'argent et surmontés d'immenses plumes d'autruche ; l'éblouissante blancheur de leurs costumes était accentuée, tandis qu'ils allaient et venaient en pleine lumière, par leur teint cuivré et leurs longs cheveux noirs. Tout le monde restait fasciné par la gravité digne avec laquelle ils exécutaient les figures compliquées de la danse, ainsi que par la grâce très étudiée de leurs gestes lents et de leurs révérences majestueuses. Lorsque, à la fin de la représentation, ils mirent chapeau bas devant l'Infante, celle-ci reçut leur hommage avec beaucoup de courtoisie, et fit vœu d'envoyer un gros cierge de cire au sanctuaire de Notre-Dame-du-Pilar en retour du plaisir qu'Elle lui avait procuré.

Puis une troupe de beaux Égyptiens – comme on désignait alors les gitans – s'avança dans l'arène. Ils s'assirent en tailleur, formant un cercle, et commencèrent à jouer doucement de leurs cithares tout en balançant le corps au rythme de la musique et en fredonnant, presque à mi-voix, un air lent et rêveur. Quand ils aperçurent Don Pedro, ils le regardèrent de travers – certains paraissaient terrifiés – car il y avait seulement quelques semaines qu'il avait fait pendre deux des leurs pour sorcellerie sur la place du marché de Séville, mais la jolie Infante les enchanta. Elle s'était adossée en arrière, et, de ses beaux yeux bleus, les lorgnait par-dessus le bord de son éventail. Ils eurent la certitude qu'un être aussi beau ne pouvait se montrer cruel envers personne. Ils continuèrent donc de jouer très doucement, effleurant à peine de leurs ongles longs et pointus les cordes des cithares, et se mirent à dodeliner de la tête comme s'ils étaient sur le point de s'assoupir. Soudain, avec un cri si perçant que les enfants sursautèrent et que la main de Don Pedro serra convulsivement le pommeau d'agate de sa dague, ils sautèrent sur leurs pieds et se lancèrent dans une folle course autour de l'enceinte, frappant leurs tambourins et psalmodiant une sorte de chant d'amour en leur langage étrange et guttural. À un nouveau signal, ils se jetèrent tous derechef à terre et ne bougèrent plus d'un pouce. Le silence n'était rompu que par le pincement assourdi des cithares. Après avoir répété plusieurs fois cette manœuvre, ils disparurent un instant. Quand ils revinrent, ils menaient au bout d'une chaîne un ours brun hirsute et portaient sur leurs épaules quelques petits singes de Barbarie. L'ours se tint sur la tête avec une gravité parfaite, et les singes rabougris se livrèrent à mille tours amusants avec les deux jeunes gitans qui semblaient leurs maîtres. Ils se battirent avec des épées minuscules, tirèrent au pistolet et firent l'exercice exactement comme les gardes du corps du Roi. Vraiment, les gitans se taillèrent un franc succès.

FRANCIS SCOTT FITZGERALD

Gatsby le magnifique

Il y eut de la musique chez mon voisin tout au long des nuits d'été. Dans ses jardins bleus, les hommes et les femmes allaient et venaient comme des phalènes parmi les chuchotements, le champagne et les étoiles. À marée haute, l'après-midi, je regardais ses invités sauter de sa plate-forme flottante ou prendre un bain de soleil sur le sable brûlant de sa plage, tandis que ses deux canots à moteur fendaient les eaux du détroit, tirant des aquaplanes dans des cataractes d'écume. En fin de semaine, sa Rolls-Royce, devenue un omnibus, faisait la navette entre ville et manoir, de neuf heures du matin jusque bien après minuit, tandis que son fourgon automobile trottait infatigablement comme un insecte doré pour ne pas manquer un seul train. Et tous les lundis, huit domestiques, dont un jardinier engagé comme extra, besognaient toute la journée armés de serpillières, de brosses à récurer, de marteaux et de cisailles, pour réparer les dégâts de la veille.

Tous les vendredis, cinq cageots d'oranges et

de citrons arrivaient de chez un fruitier de New York ; tous les lundis, ces mêmes oranges et citrons repartaient par la porte de service en une pyramide de moitiés d'écorces vides. Il y avait à la cuisine un appareil capable d'extraire le jus de deux cents oranges en une demi-heure, si un maître d'hôtel pressait du pouce, deux cents fois, un petit bouton.

Une fois par quinzaine, au moins, un bataillon de fournisseurs de décorations faisait son apparition, chargé de plusieurs dizaines de mètres de toile et d'assez d'ampoules de couleur pour transformer l'immense jardin de Gatsby en arbre de Noël. Sur les tables du buffet, garnies de hors-d'œuvre aux reflets scintillants, les jambons cuits aux épices se serraient contre des salades bigarrées comme un manteau d'Arlequin et des pâtés de porc et de dinde en croûte qu'un sortilège avait portés à la perfection d'un or sombre. Dans le hall d'entrée était installé un comptoir de bar avec un véritable repose-pied en cuivre, qui abritait toute une réserve de gins, d'alcools et de liqueurs oubliés depuis si longtemps que la plupart des dames invitées étaient trop jeunes pour les distinguer les uns des autres.

À sept heures du soir, l'orchestre est en place – non pas un maigre ensemble de cinq instruments, mais la fosse au grand complet – avec hautbois, trombones, saxophones, altos, cornets à pistons, piccolos, caisse claire et timbales. Les derniers baigneurs sont maintenant rentrés de la plage et s'habillent à l'étage ; les voitures de

New York sont garées sur cinq rangées dans l'allée, et déjà les galeries, les salons et les terrasses s'égaient de couleurs primaires, de cheveux taillés à la dernière mode et de châles qui dépassent les rêves des Castillanes. L'animation du bar est à son comble et les tournées de cocktails débordent peu à peu sur l'extérieur ; l'air du jardin bruisse bientôt de bavardages, de rires, de sous-entendus sans conséquence, de présentations oubliées sitôt que faites et de rencontres enthousiastes entre des femmes dont chacune ignorera toujours le nom de l'autre.

L'éclat des lumières augmente à mesure que la terre, dans une lente embardée, s'écarte du soleil. L'orchestre, à présent, joue une musique jaune cocktail et l'opéra des voix monte d'un ton. Les rires fusent plus facilement de minute en minute, jaillissent avec prodigalité, déclenchés par un simple mot plaisant. Les groupes se modifient plus rapidement, se gonflent de nouveaux arrivants, se désagrègent et se recomposent presque en même temps. Et l'on repère déjà les vagabondes, les jeunes femmes sûres d'elles-mêmes qui se faufilent ici et là entre des figures plus corpulentes et sédentaires, deviennent, pour un intense et joyeux moment, le centre d'un groupe, puis, excitées par leur triomphe, se laissent glisser un peu plus dans le tourbillon des métamorphoses des visages, des voix et des couleurs, sous la lumière toujours changeante.

Soudain, l'une de ces bohémiennes, vivant frémissement d'opale, saisit au vol un cocktail, l'engloutit d'un trait pour se donner du courage et, agitant les mains comme Frisco, se met à danser seule sur la piste de toile. Un silence se fait ; le chef d'orchestre ajuste obligeamment son rythme au sien, et les bavardages se déchaînent aussitôt que circule la fausse rumeur selon laquelle elle serait la doublure de Gilda Gray, l'étoile des Ziegfeld Follies. La fête commence.

Je crois bien que le soir où je suis allé chez Gatsby pour la première fois, j'étais l'une des rares personnes qui eussent été invitées dans les formes. Les gens n'étaient pas invités chez Gatsby, ils allaient chez lui, tout simplement. Ils montaient dans des automobiles qui les emmenaient à Long Island, et finissaient par se retrouver devant sa porte. Une fois sur place, ils se faisaient présenter par quelqu'un qui connaissait Gatsby ; après quoi, ils se comportaient selon les règles qu'on estime généralement être celles d'un parc d'attractions. Il leur arrivait de venir et de repartir sans même avoir fait la connaissance de Gatsby : ils étaient venus à la fête avec une simplicité de cœur qui valait billet d'entrée.

Scintille, fourmille et babille
Le carnaval bariolé

THÉOPHILE GAUTIER

Carnaval

Venise pour le bal s'habille.
De paillettes tout étoilé,
Scintille, fourmille et babille
Le carnaval bariolé.

Arlequin, nègre par son masque,
Serpent par ses mille couleurs,
Rosse d'une note fantasque
Cassandre son souffre-douleur.

Battant de l'aile avec sa manche
Comme un pingouin sur un écueil,
Le blanc Pierrot, forme blanche,
Passe la tête et cligne l'œil.

Le docteur bolonais rabâche
Avec la basse aux sons traînés ;
Polichinelle, qui se fâche,
Se trouve une croche pour nez.

Heurtant Trivelin qui se mouche
Avec un trille extravagant,
À Colombine, Scaramouche
Rend son éventail ou son gant.

Sur une cadence se glisse
Un domino ne laissant voir
Qu'un malin regard en coulisse
Aux paupières de satin noir.

Ah ! fine barbe de dentelle,
Que fait voler un souffle pur,
Cet arpège m'a dit : C'est elle !
Malgré ses réseaux, j'en suis sûr.

Et j'ai reconnu, rose et fraîche,
Sous l'affreux profil de carton,
Sa lèvre au fin duvet de pêche,
Et la mouche de son menton.

PAUL ÉLUARD

Fêtes

La valse est jolie,
Les grands élans du cœur le sont aussi.
Rues,
Une roue valsait éperdument.
Des roues, des robes, des chapeaux, des roses.
Arrosée,
La plante sera prête pour la fête à souhaiter.

ERNEST HEMINGWAY

Le soleil se lève aussi

C'est le dimanche 6 juillet, à midi, que se produisit l'explosion de la *fiesta*. Il n'y a pas d'autre façon de s'exprimer. Tout le jour, des gens étaient arrivés de la campagne, mais ils s'étaient dispersés dans la ville et on ne les remarquait pas. La place, sous le soleil brûlant, était aussi calme que les autres jours. Les paysans se tenaient dans les cabarets des ruelles environnantes. Ils y buvaient pour se préparer à la fête. Ils étaient arrivés si récemment des plaines et des collines qu'il leur fallait s'habituer graduellement aux changements des valeurs. Ils ne pouvaient pas, dès le début, payer les prix des cafés. Ils en prenaient pour leur argent dans les tavernes. L'argent avait encore sa valeur bien définie d'heures de travail ou de boisseaux de grains vendus. Plus tard, pendant la *fiesta*, les prix ne leur importeraient pas plus que les endroits où ils les paieraient.

Le jour de la fête de San Fermin, ils emplirent, dès le matin, les cabarets des ruelles de la ville. Le matin, en allant à la messe à la cathédrale, je les entendis chanter par les portes ouvertes des tavernes. Ils se mettaient en train. Il y avait beaucoup de monde à la messe de onze heures. La San Fermin est aussi une fête religieuse.

En sortant de la cathédrale, je descendis une rue et en remontai une autre pour me rendre au café sur la place. Il n'était pas tout à fait midi. Robert Cohn et Bill étaient assis à une des tables. Les tables de marbre et les fauteuils blancs avaient disparu. On les avait remplacés par des tables de fonte et d'austères chaises pliantes. Le café ressemblait à un vaisseau de guerre après le branle-bas de combat. Ce jour-là, les garçons ne vous laissaient pas seuls toute la matinée à lire, sans vous demander si vous désiriez quelque chose. Un garçon s'approcha aussitôt que je fus assis.

— Qu'est-ce que vous buvez ? demandai-je à Bill et à Robert.

— Xérès, dit Cohn.

— *Jerez,* dis-je au garçon.

Le garçon n'avait pas encore apporté le Xérès que la fusée qui annonçait l'ouverture de la *fiesta* s'éleva sur la place. Elle éclata, et une grosse boule de fumée grise apparut très haut, au-dessus du Théâtre Gayarre, de l'autre côté de la place. La boule de fumée flotta en l'air comme un éclatement de shrapnel et, tandis que je la regardais, une autre fusée monta, éparpillant de la fumée dans la brillante lumière du soleil. Quand elle éclata, j'aperçus la lueur vive de l'éclair, et un autre petit nuage de fumée apparut. Au moment où la deuxième fusée éclatait, il y avait déjà tant de monde sous les arcades qui, une minute auparavant, étaient désertes, que le garçon, tenant la bouteille au-dessus de sa tête, eut grand-peine à se frayer un passage jusqu'à notre table. De tous côtés, des gens débouchaient sur la place, et nous entendîmes dans la rue les chalumeaux, les fifres et les tambours qui s'approchaient. Ils jouaient le *riau-riau*, fifres perçants et roulements de tambours, et, derrière eux, des hommes et des jeunes gens suivaient en dansant. Quand les joueurs de fifre s'arrêtaient, tous les danseurs s'accroupissaient, puis, dès que surgissait le son aigu des chalumeaux et des fifres soutenu par le martèlement sourd, plat et creux des tambours, ils s'élançaient d'un bond et se remettaient à danser. Dans la foule, on ne voyait que les têtes et les épaules des danseurs qui montaient et descendaient.

SYLVAIN TESSON

Le phare

Le gardien ne concevait pas que le réveillon pût bouleverser quoi que ce soit de ses habitudes. Sa vie était réglée comme un faisceau de phare. Tous les ans depuis vingt ans, il se couchait le 24 décembre, sitôt effectuées l'inspection des mécanismes et la vacation radio. Que des gens se réunissent pour célébrer un événement universel ne l'affectait pas. Pas plus que ne l'émouvait le fait qu'un Russe vînt s'enquérir d'un poêle portatif un soir de Nativité, dans son propre phare. Il était gardien d'un phare. Il ne vivait pas sur terre.

Vladimir Vladimirovitch s'activa pendant deux heures. Il transporta le poêle électrique dans la tourelle et poussa le bouton de chauffage à fond. Avec des couvertures, il colmata les jointures de la verrière sommitale et les interstices de la porte d'accès à l'escalier. Il calfeutra l'ouverture qui donnait sur la coursive extérieure avec un matelas qu'il monta à grand-peine dans les colimaçons. Il tendit les carreaux de larges bandes de papier d'aluminium, veillant à laisser libres les axes du faisceau lumineux. À huit heures du soir, il faisait 45 °C dans la salle des lampes.

Le Russe redescendit. Sur la table de la bibliothèque, il disposa les poissons fumés. Il fit bouillir un chou, beurra d'épaisses tranches de pain noir sur lesquelles il étala les œufs de saumon à larges fourchetées. Sur chaque tartine, il déposa une lamelle de citron et une branche d'aneth. Il disséqua les cornichons en quatre quartiers dans le sens de la longueur, les agença sur une assiette et dessina des rosaces avec des rondelles de tomate, de concombre, et de poivron. Il découpa des lamelles de lard et de tout petits carrés de fromage. Il posa deux verres à côté de la bouteille de vodka et fit chauffer trois litres d'eau destinés au thé noir. Le chou était prêt et luisait à la lumière des bougies, mou et blet dans l'assiette à soupe.

Là-haut, dans la verrière, le mercure touchait 60 °C. Vladimir Vladimirovitch plaça une brassée d'algues près du poêle. Kerderon les récoltait sur son rocher par temps calme et les faisait sécher dans sa cuisine en vue de décoctions.

D'abord le Breton ne voulut rien toucher. Il dit qu'il n'avait pas faim, prétexta qu'il voulait aller se coucher, qu'il n'était pas habitué aux cérémonies, que ce soir-là était un soir comme les autres et que, Noël ou pas, les bateaux continueraient de croiser au large des récifs et l'éclat de son phare de les protéger du naufrage. Le premier verre de vodka le convainquit d'en accepter un second. Vladimir Vladimirovitch prononça les toasts.

— Aux veilleurs de la nuit ! Un verre, du chou.

— À toute lueur d'espoir ! Un verre, un cornichon.

— Au triomphe de la lumière ! Un verre, des œufs de saumon.

La vodka faisait son œuvre. Elle fouettait l'énergie du Russe, désagrégeait l'asthénie du Breton.

— À l'Enfant Jésus, phare d'une longue nuit ! Un verre, une demi-tomate.

Ils étaient venus à bout du premier litre. La vodka ne fait jamais mal lorsqu'on la boit à deux. Le principe du toast a été inventé par les Russes pour se passer de la psychanalyse. Au premier verre, on se met en train ; au second, on parle sincèrement ; au troisième, on vide son sac et, ensuite, on montre l'envers de son âme, on ouvre la bonde de son cœur, et tout – rancœurs enfouies, secrets fossilisés et grandeurs contenues – finit par se dissoudre ou se révéler dans le bain éthylique.

— Et maintenant : *banya !* dit Vladimir.

Le Russe avait allumé des bougies sur trente-huit des deux cent vingt-huit marches qui menaient à la tourelle.

Lorsqu'ils ouvrirent la porte, une haleine de tropique leur sauta au visage. Les algues s'étaient raidies près du poêle. Elles allaient servir de *véniki*, ces rameaux de bouleaux que les Sibériens utilisent pour se fouetter le sang. Le thermomètre affichait 70 °C. La condensation perlait l'intérieur des vitres. Les deux gardiens se déshabillèrent. La structure vibrait, le vent ne s'était pas calmé. La nuit malmenait le phare.

Le Russe et le Breton soufflaient comme des veaux marins. Ils rissolaient dans la verrière giflée par les rafales. Les épais carreaux s'embrasaient à chaque éclair du phare. Un quart d'heure passa. La température montait. Les peaux rougissaient. Le battement des cœurs s'accélérait. Les poisons accumulés par les organismes s'exfiltraient par la grâce de la cuisson à l'étouffée. Les corps se purifiaient. Le Russe, ruisselant, servait de petites doses :

— Gloire aux faisceaux de l'aube ! Un verre.

— À la victoire du jour ! Un verre.

Le principe du *banya* repose sur la science du choc thermique. Les Russes ont horreur du juste milieu. Avec le *banya*, ils ont mis au point l'art de n'être bien nulle part : dedans, le four ; dehors, le pôle. Vladimirovitch ouvrit la porte de la coursive et poussa le Breton dehors. À quarante mètres au-dessus des flots, le vent hurla à leurs oreilles. Les premières secondes leur donnèrent l'impression de renaître, les suivantes de mourir. Les vaisseaux sanguins se rétractèrent et le froid cuirassa les épidermes. La température était descendue sous le zéro et les cheveux givrèrent. Il ne fallait pas céder à la tentation de se réfugier sous la verrière.

— Appuyez-vous au parapet ! dit Vladimir Vladimirovitch.

En bas, les rouleaux s'éventraient sur les saillies. Le rocher déchirait la pulpe salée. Des paquets d'embruns aspirés par l'ouragan explosaient contre le phare. Le rai de lumière déchirait l'obscurité, indifférent.

Le miracle de Noël fut que le Breton s'anima. Brandissant son verre dans la nuit en furie, tandis que Vladimir Vladimirovitch, gardien de phare des antipodes extrême-orientaux, lui cinglait les flancs à grandes brassées d'algues, Kerderon salua d'un même élan le miracle christique, la centenaire fidélité du pinceau de son phare, la puissance de la houle toujours recommencée et la Nature invaincue qui renaît de sa mort chaque 25 décembre. Phosphorant dans la nuit des clignotements du feu tournant, pleurant des larmes de pluie, il hurla aux rafales :

— À l'éternel retour ! À l'éternel retour !

*Dans un tourbillon
d'écharpes
et de tintements d'or*

STENDHAL

Le Rouge et le Noir

> Le luxe des toilettes, l'éclat des bougies, les parfums ; tant de jolis bras, de belles épaules ! des bouquets ! des airs de Rossini qui enlèvent, des peintures de Cicéri ! Je suis hors de moi !
>
> *Voyages d'Uzeri.*

— Vous avez de l'humeur, lui dit la marquise de La Mole, je vous en avertis, c'est de mauvaise grâce au bal.

— Je ne me sens que mal à la tête, répondit Mathilde d'un air dédaigneux, il fait trop chaud ici.

À ce moment, comme pour justifier mademoiselle de La Mole, le vieux baron de Tolly se trouva mal, et tomba ; on fut obligé de l'emporter. On parla d'apoplexie, ce fut un événement désagréable.

Mathilde ne s'en occupa point. C'était un parti pris, chez elle, de ne regarder jamais les vieillards, et tous les êtres reconnus pour dire des choses tristes.

Elle dansa pour échapper à la conversation sur

l'apoplexie, qui même n'en était pas une, car le surlendemain le baron reparut.

Mais M. Sorel ne vient point, se dit-elle encore, après qu'elle eut dansé. Elle le cherchait presque des yeux, lorsqu'elle l'aperçut dans un autre salon. Chose étonnante, il semblait avoir perdu ce ton de froideur impassible qui lui était si naturel ; il n'avait plus l'air anglais.

Il cause avec le comte Altamira, mon condamné à mort ! se dit Mathilde. Son œil est plein d'un feu sombre ; il a la tournure d'un prince déguisé ; son regard a redoublé d'orgueil.

Julien se rapprochait de la place où elle était, toujours causant avec Altamira ; elle le regardait fixement, étudiant ses traits pour y chercher ces hautes qualités qui peuvent valoir à un homme l'honneur d'être condamné à mort.

Comme il passait près d'elle :

— Oui, disait-il au comte Altamira, Danton était un homme !

Ô ciel ! serait-il un Danton, se dit Mathilde ; mais il a une figure si noble, et ce Danton était si horriblement laid, un boucher, je crois. Julien était encore assez près d'elle, elle n'hésita pas à l'appeler ; elle avait la conscience et l'orgueil de faire une question extraordinaire pour une jeune fille.

— Danton n'était-il pas un boucher ? lui dit-elle.

— Oui, aux yeux de certaines personnes, lui répondit Julien, avec l'expression du mépris le plus mal déguisé, et l'œil encore enflammé de sa conversation avec Altamira, mais malheureusement pour les gens bien nés, il était avocat à Méry-sur-Seine ; c'est-à-dire, mademoiselle, ajouta-t-il d'un air méchant, qu'il a commencé comme plusieurs pairs que je vois ici. Il est vrai que Danton avait un désavantage énorme aux yeux de la beauté, il était fort laid.

Ces derniers mots furent dits rapidement, d'un air extraordinaire et assurément fort peu poli.

Julien attendit un instant, le haut du corps légèrement penché, et avec un air orgueilleusement humble. Il semblait dire : Je suis payé pour vous répondre, et je vis de mon salaire. Il ne daignait pas lever l'œil sur Mathilde. Elle, avec ses beaux yeux ouverts extraordinairement et fixés sur lui, avait l'air de son esclave. Enfin, comme le silence continuait, il la regarda ainsi qu'un valet regarde son maître, afin de prendre des ordres. Quoique ses yeux rencontrassent en plein ceux de Mathilde, toujours fixés sur lui avec un regard étrange, il s'éloigna avec un empressement marqué.

Lui, qui est réellement si beau, se dit enfin Mathilde, sortant de sa rêverie, faire un tel éloge de la laideur ! jamais de retour sur lui-même ! Il n'est pas comme Caylus ou Croisenois. Ce Sorel a quelque chose de l'air que prend mon père quand il fait si bien Napoléon au bal. Elle avait tout à fait oublié Danton. Décidément, ce soir, je m'ennuie. Elle saisit le bras de son frère, et, à son grand chagrin, le força de faire un tour dans le bal. L'idée lui vint de suivre la conversation du condamné à mort avec Julien.

La foule était énorme. Elle parvint cependant

à les rejoindre au moment où, à deux pas devant elle, Altamira s'approchait d'un plateau pour prendre une glace. Il parlait à Julien, le corps à demi tourné. Il vit un bras d'habit brodé qui prenait une glace à côté de la sienne. La broderie sembla exciter son attention ; il se retourna tout à fait pour voir le personnage à qui appartenait ce bras. À l'instant, ces yeux noirs, si nobles et si naïfs, prirent une légère expression de dédain.

— Vous voyez cet homme, dit-il assez bas à Julien ; c'est le prince d'Araceli, ambassadeur de ***. Ce matin il a demandé mon extradition à votre ministre des Affaires étrangères de France, M. de Nerval. Tenez, le voilà là-bas, qui joue au whist. M. de Nerval est assez disposé à me livrer, car nous vous avons donné deux ou trois conspirateurs en 1816. Si l'on me rend à mon roi, je suis pendu dans les vingt-quatre heures. Et ce sera quelqu'un de ces jolis messieurs à moustaches qui *m'empoignera*.

— Les infâmes ! s'écria Julien à demi haut.

Mathilde ne perdait pas une syllabe de leur conversation. L'ennui avait disparu.

— Pas si infâmes, reprit le comte Altamira. Je vous ai parlé de moi pour vous frapper d'une image vive. Regardez le prince d'Araceli ; toutes les cinq minutes, il jette les yeux sur sa toison d'or ; il ne revient pas du plaisir de voir ce colifichet sur sa poitrine. Ce pauvre homme n'est au fond qu'un anachronisme. Il y a cent ans, la toison était un honneur insigne, mais alors elle eût passé bien au-dessus de sa tête. Aujourd'hui, parmi les gens bien nés, il faut être un Araceli pour en être enchanté. Il eût fait pendre toute une ville pour l'obtenir.

— Est-ce à ce prix qu'il l'a eue ? dit Julien avec anxiété.

— Non pas précisément, répondit Altamira froidement ; il a peut-être fait jeter à la rivière une trentaine de riches propriétaires de son pays, qui passaient pour libéraux.

— Quel monstre ! dit encore Julien.

Mademoiselle de La Mole, penchant la tête avec le plus vif intérêt, était si près de lui, que ses beaux cheveux touchaient presque son épaule.

— Vous êtes bien jeune ! répondait Altamira. Je vous disais que j'ai une sœur mariée en Provence ; elle est encore jolie, bonne, douce ; c'est une excellente mère de famille, fidèle à tous ses devoirs, pieuse et non dévote.

Où veut-il en venir ? pensait mademoiselle de La Mole.

— Elle est heureuse, continua le comte d'Altamira ; elle l'était en 1815. Alors j'étais caché chez elle, dans sa terre près d'Antibes ; eh bien, au moment où elle apprit l'exécution du maréchal Ney, elle se mit à danser !

— Est-il possible ? dit Julien atterré.

— C'est l'esprit de parti, reprit Altamira. Il n'y a plus de passions véritables au XIXe siècle ; c'est pour cela que l'on s'ennuie tant en France. On fait les plus grandes cruautés, mais sans cruauté.

— Tant pis, dit Julien ; du moins quand on fait des crimes, faut-il les faire avec plaisir, ils n'ont que cela de bon, et l'on ne peut même les justifier un peu que par cette raison.

Mademoiselle de La Mole, oubliant tout à fait ce qu'elle se devait à elle-même, s'était placée presque entièrement entre Altamira et Julien. Son frère qui lui donnait le bras, accoutumé à lui obéir, regardait ailleurs dans la salle, et pour se donner une contenance, avait l'air d'être arrêté par la foule.

— Vous avez raison, disait Altamira ; on fait tout sans plaisir et sans s'en souvenir, même les crimes. Je puis vous montrer dans ce bal dix hommes peut-être qui seront damnés comme assassins. Ils l'ont oublié et le monde aussi.

Plusieurs sont émus jusqu'aux larmes si leur chien se casse la patte. Au Père-la-Chaise, quand on jette des fleurs sur leur tombe, comme vous dites si plaisamment à Paris, on nous apprend qu'ils réunissaient toutes les vertus des preux chevaliers, et l'on parle des grandes actions de leur bisaïeul qui vivait sous Henri IV. Si, malgré les bons offices du prince d'Araceli, je ne suis pas pendu et que je jouisse jamais de ma fortune à Paris, je veux vous faire dîner avec huit ou dix assassins honorés et sans remords.

Vous et moi, à ce dîner, nous serons les seuls purs de sang, mais je serai méprisé et presque haï, comme un monstre sanguinaire et jacobin, et vous, méprisé simplement comme homme du peuple intrus dans la bonne compagnie.

— Rien de plus vrai, dit mademoiselle de La Mole.

Altamira la regarda étonné ; Julien ne daigna pas la regarder.

— Notez que la révolution à la tête de laquelle je me suis trouvé, continua le comte Altamira, n'a pas réussi uniquement parce que je n'ai pas voulu faire tomber trois têtes et distribuer à nos partisans sept à huit millions qui se trouvaient dans une caisse dont j'avais la clé. Mon roi qui, aujourd'hui, brûle de me faire pendre, et qui, avant la révolte, me tutoyait, m'eût donné le grand cordon de son ordre si j'avais fait tomber ces trois têtes, et distribuer l'argent de ces caisses, car j'aurais obtenu au moins un demi-succès, et mon pays eût eu une charte telle quelle... Ainsi va le monde, c'est une partie d'échecs.

— Alors, reprit Julien l'œil en feu, vous ne saviez pas le jeu, maintenant...

— Je ferais tomber des têtes, voulez-vous dire, et je ne serais pas un Girondin comme vous me le faisiez entendre l'autre jour ?... Je vous répondrai, dit Altamira d'un air triste, quand vous aurez tué un homme en duel, ce qui encore est bien moins laid que de le faire exécuter par un bourreau.

— Ma foi ! dit Julien, qui veut la fin veut les moyens ; si au lieu d'être un atome, j'avais quelque pouvoir, je ferais pendre trois hommes pour sauver la vie à quatre.

Ses yeux exprimaient le feu de la conscience et le mépris des vains jugements des hommes ; ils rencontrèrent ceux de mademoiselle de La Mole tout près de lui, et ce mépris, loin de se changer en air gracieux et civil, sembla redoubler.

Elle en fut profondément choquée, mais il ne fut plus en son pouvoir d'oublier Julien, elle s'éloigna avec dépit, entraînant son frère.

Il faut que je prenne du punch et que je danse beaucoup, se dit-elle, je veux choisir ce qu'il y a de mieux et faire effet à tout prix. Bon, voici ce fameux impertinent, le comte de Fervaques. Elle accepta son invitation ; ils dansèrent. Il s'agit de voir, pensa-t-elle, qui des deux sera le plus impertinent ; mais pour me moquer pleinement de lui, il faut que je le fasse parler. Bientôt tout le reste de la contredanse ne dansa que par contenance. On ne voulait pas perdre une des reparties piquantes de Mathilde. M. de Fervaques se troublait, et ne trouvant que des paroles élégantes au lieu d'idées, faisait des mines ; Mathilde, qui avait de l'humeur, fut cruelle pour lui et s'en fit un ennemi. Elle dansa jusqu'au jour, et enfin se retira horriblement fatiguée. Mais en voiture, le peu de forces qui lui restait était encore employé à la rendre triste et malheureuse. Elle avait été méprisée par Julien, et ne pouvait le mépriser.

Julien était au comble du bonheur, ravi à son insu par la musique, les fleurs, les belles femmes, l'élégance générale, et plus que tout par son imagination qui rêvait des distinctions pour lui et la liberté pour tous.

— Quel beau bal ! dit-il au comte, rien n'y manque.

— Il y manque la pensée, répondit Altamira.

Et sa physionomie trahissait ce mépris, qui n'en est que plus piquant, parce qu'on voit que la politesse s'impose le devoir de le cacher.

— Vous y êtes, M. le comte. N'est-ce pas la pensée et conspirante encore ?

— Je suis ici à cause de mon nom. Mais on hait la pensée dans vos salons. Il faut qu'elle ne s'élève pas au-dessus de la pointe d'un couplet de vaudeville, alors on la récompense. Mais l'homme qui pense, s'il a de l'énergie et de la nouveauté dans ses saillies, vous l'appelez *cynique*. N'est-ce pas ce nom-là qu'un de vos juges a donné à Courier ? Vous l'avez mis en prison, ainsi que Béranger. Tout ce qui vaut quelque chose, chez vous, par l'esprit, la congrégation le jette à la police correctionnelle ; et la bonne compagnie applaudit.

C'est que votre société vieillie prise avant tout les convenances... Vous ne vous élèverez jamais au-dessus de la bravoure militaire ; vous aurez des Murat, et jamais de Washington. Je ne vois en France que de la vanité. Un homme qui invente en parlant arrive facilement à une saillie imprudente, et le maître de la maison se croit déshonoré.

À ces mots, la voiture du comte, qui ramenait Julien, s'arrêta devant l'hôtel de La Mole. Julien était amoureux de son conspirateur. Altamira lui avait fait ce beau compliment, évidemment échappé à une profonde conviction : Vous n'avez pas la légèreté française, et comprenez le principe de l'*utilité*. Or il se trouvait que, justement l'avant-veille, Julien avait vu *Marino Faliero*, tragédie de M. Casimir Delavigne.

Israël Bertuccio, un simple charpentier de l'arsenal, n'a-t-il pas plus de caractère que tous ces nobles vénitiens ? se disait notre plébéien révolté ; et cependant ce sont des gens dont la noblesse prouvée remonte à l'an 700, un siècle avant Charlemagne, tandis que tout ce qu'il y avait de plus noble ce soir, au bal de M. de Retz, ne remonte, et encore clopin-clopant, que jusqu'au XIIIe siècle. Eh bien ! au milieu de ces nobles de Venise, si grands par la naissance, mais si étiolés, mais si effacés par le caractère, c'est d'Israël Bertuccio qu'on se souvient.

Une conspiration anéantit tous les titres donnés par les caprices sociaux. Là, un homme prend d'emblée le rang que lui assigne sa manière d'envisager la mort. L'esprit lui-même perd de son empire…

Que serait Danton aujourd'hui, dans ce siècle des Valenod et des Rênal ? pas même substitut du procureur du roi…

Que dis-je ? il se serait vendu à la congrégation ; il serait ministre, car enfin ce grand Danton a volé. Mirabeau aussi s'est vendu. Napoléon avait volé des millions en Italie, sans quoi il eût été arrêté tout court par la pauvreté, comme Pichegru. La Fayette seul n'a jamais volé. Faut-il voler, faut-il se vendre ? pensa Julien. Cette question l'arrêta tout court. Il passa le reste de la nuit à lire l'histoire de la révolution.

MARCEL PROUST

Le Temps retrouvé

À ce moment le maître d'hôtel vint me dire que le premier morceau étant terminé, je pouvais quitter la bibliothèque et entrer dans les salons. Cela me fit ressouvenir où j'étais. Mais je ne fus nullement troublé dans le raisonnement que je venais de commencer, par le fait qu'une réunion mondaine, le retour dans la société, m'eussent fourni ce point de départ vers une vie nouvelle que je n'avais pas su trouver dans la solitude. Ce fait n'avait rien d'extraordinaire, une impression qui pouvait ressusciter en moi l'homme éternel n'étant pas liée plus forcément à la solitude qu'à la société (comme j'avais cru autrefois, comme cela avait peut-être été pour moi autrefois, comme cela aurait peut-être dû être encore si je m'étais harmonieusement développé, au lieu de ce long arrêt qui semblait seulement prendre fin). Car trouvant seulement cette impression de beauté quand, une sensation actuelle, si insignifiante fût-elle, une sensation semblable, renaissant spontanément en moi, venait étendre la première sur plusieurs époques à la fois, et remplissait mon âme, où les sensations particulières laissaient habituellement tant de vide, par une essence générale, il n'y avait pas de raison pour que je ne reçusse des sensations de ce genre dans le monde aussi bien que dans la nature, puisqu'elles sont fournies par le hasard, aidé sans doute par l'excitation particulière qui fait que, les jours où on se trouve en dehors du train courant de la vie, les choses même les plus simples recommencent à nous donner des sensations dont l'habitude fait faire l'économie à notre système nerveux. Que ce fût justement et uniquement ce genre de sensations qui dût conduire à l'œuvre d'art, j'allais essayer d'en trouver la raison objective, en continuant les pensées que je n'avais cessé d'enchaîner dans la bibliothèque ; car je sentais que le déclenchement de la vie spirituelle était assez fort en moi maintenant pour pouvoir continuer aussi bien dans le salon, au milieu des invités, que seul dans la bibliothèque ; il me semblait qu'à ce point de vue, même au milieu de cette assistance si nombreuse, je saurais réserver ma solitude. Car pour la même raison que de grands événements n'influent pas du dehors sur nos puissances d'esprit, et qu'un écrivain médiocre vivant dans une époque épique restera un tout aussi médiocre écrivain, ce qui était dangereux dans le monde c'était les dispositions mondaines qu'on y apporte. Mais par lui-même il n'était pas plus capable de vous rendre médiocre qu'une guerre héroïque de rendre sublime un mauvais poète.

En tout cas, qu'il fût théoriquement utile ou non que l'œuvre d'art fût constituée de cette façon, et en attendant que j'eusse examiné ce point comme j'allais le faire, je ne pouvais nier qu'en ce qui me concernait, quand des impressions vraiment esthétiques m'étaient venues, ç'avait toujours été à la suite de sensations de ce genre. Il est vrai qu'elles avaient été assez rares dans ma vie, mais elles la dominaient, je pouvais retrouver dans le passé quelques-uns de ces sommets que j'avais eu le tort de perdre de vue (ce que je comptais ne plus faire désormais). Et déjà je pouvais dire que si c'était chez moi, par l'importance exclusive qu'il prenait, un trait qui m'était personnel, cependant j'étais rassuré en découvrant qu'il s'apparentait à des traits moins marqués, mais discernables et au fond assez analogues chez certains écrivains. N'est-ce pas à une sensation du genre de celle de la madeleine qu'est suspendue la plus belle partie des *Mémoires d'Outre-Tombe* : « Hier au soir je me promenais seul... je fus tiré de mes réflexions par le gazouillement d'une grive perchée sur la plus haute branche d'un bouleau. À l'instant, ce son magique fit reparaître à mes yeux le domaine paternel ; j'oubliai les catastrophes dont je venais d'être le témoin, et transporté subitement dans le passé, je revis ces campagnes où j'entendis si souvent siffler la grive. » Et une des deux ou trois plus belles phrases de ces Mémoires n'est-elle pas celle-ci : « Une odeur fine et suave d'héliotrope s'exhalait d'un petit carré de fèves en fleurs ; elle ne nous était point apportée par une brise de la patrie, mais par un vent sauvage de Terre-Neuve, sans relation avec la plante exilée, sans sympathie de réminiscence et de volupté. Dans ce parfum non respiré de la beauté, non épuré dans son sein, non répandu sur ses traces, dans ce parfum changé d'aurore, de culture et de monde, il y avait toutes les mélancolies des regrets, de l'absence et de la jeunesse. » Un des chefs-d'œuvre de la littérature française, *Sylvie*, de Gérard de Nerval, a, tout comme le livre des *Mémoires d'Outre-Tombe* relatif à Combourg, une sensation du même genre que le goût de la madeleine et « le gazouillement de la grive ». Chez Baudelaire enfin, ces réminiscences, plus nombreuses encore, sont évidemment moins fortuites et par conséquent, à mon avis, décisives. C'est le poète lui-même qui, avec plus de choix et de paresse, recherche volontairement, dans l'odeur d'une femme par exemple, de sa chevelure et de son sein, les analogies inspiratrices qui lui évoqueront « l'azur du ciel immense et rond » et « un port rempli de flammes et de mâts ». J'allais chercher à me rappeler les pièces de Baudelaire à la base desquelles se trouve ainsi une sensation transposée, pour achever de me replacer dans une filiation aussi noble, et me donner par là l'assurance que l'œuvre que je n'avais plus aucune hésitation à entreprendre méritait l'effort que j'allais lui consacrer, quand, étant arrivé au bas de l'escalier qui descendait de la bibliothèque, je me trouvai tout à coup dans le grand salon et au milieu d'une fête qui allait me sembler bien différente de celles auxquelles j'avais assisté autrefois, et allait revêtir pour moi un aspect particulier et prendre un sens nouveau. En effet, dès que j'entrai dans le grand salon, bien que je tinsse toujours ferme en moi, au point où j'en étais, le projet que je venais de former, un coup de théâtre se produisit qui allait élever contre mon entreprise la plus grave des objections. Une objection que je surmonterais sans doute, mais qui, tandis que je continuais à réfléchir en moi-même aux conditions de l'œuvre d'art, allait, par l'exemple cent fois répété de la considération la plus propre à me faire hésiter, interrompre à tout instant mon raisonnement.

Au premier moment je ne compris pas pourquoi j'hésitais à reconnaître le maître de maison, les invités, et pourquoi chacun semblait s'être « fait une tête », généralement poudrée et qui les changeait complètement. Le prince avait encore en recevant cet air bonhomme d'un roi de féerie que je lui avais trouvé la première fois, mais cette fois, semblant s'être soumis lui-même à l'étiquette qu'il avait imposée à ses invités, il s'était affublé d'une barbe blanche et, traînant à ses pieds qu'elles alourdissaient comme des semelles de plomb, semblait avoir assumé de figurer un des « âges de la vie ». Ses moustaches étaient blanches aussi, comme s'il restait après elles le gel de la forêt du Petit Poucet. Elles semblaient incommoder la bouche raidie et, l'effet une fois produit, il aurait dû les enlever. À vrai dire je ne le reconnus qu'à l'aide d'un raisonnement et en concluant de la simple ressemblance de certains traits à une identité de la personne. Je ne sais ce que le petit Fezensac avait mis sur sa figure, mais tandis que d'autres avaient blanchi, qui la moitié de leur barbe, qui leurs moustaches seulement, lui, sans s'embarrasser de ces teintures, avait trouvé le moyen de couvrir sa figure de rides, ses sourcils de poils hérissés, tout cela d'ailleurs ne lui seyait pas, son visage faisait l'effet d'être durci, bronzé, solennisé, cela le vieillissait tellement qu'on n'aurait plus dit du tout un jeune homme. Je fus bien plus étonné au même moment en entendant appeler duc de Châtellerault un petit vieillard aux moustaches argentées d'ambassadeur, dans lequel seul un petit bout de regard resté le même me permit de reconnaître le jeune homme que j'avais rencontré une fois en visite chez Mme de Villeparisis. À la première personne que je parvins ainsi à identifier, en tâchant de faire abstraction du travestissement et de compléter les traits restés naturels par un effort de mémoire, ma première pensée eût dû être, et fut peut-être bien moins d'une seconde, de la féliciter d'être si merveilleusement grimée qu'on avait d'abord, avant de la reconnaître, cette hésitation que les grands acteurs, paraissant dans un rôle où ils sont différents d'eux-mêmes, donnent, en entrant en scène, au public qui, même averti par le programme, reste un instant ébahi avant d'éclater en applaudissements.

À ce point de vue, le plus extraordinaire de tous était mon ennemi personnel, M. d'Argencourt, le véritable clou de la matinée. Non seulement, au lieu de sa barbe à peine poivre et sel, il s'était affublé d'une extraordinaire barbe d'une invraisemblable blancheur, mais encore (tant de petits changements matériels peuvent rapetisser, élargir un personnage, et bien plus, changer son caractère apparent, sa personnalité) c'était un vieux mendiant qui n'inspirait plus aucun respect qu'était devenu cet homme dont la solennité, la raideur empesée étaient encore présentes à mon souvenir et qui donnait à son personnage de vieux gâteux une telle vérité que ses membres tremblotaient, que les traits détendus de sa figure, habituellement hautaine, ne cessaient de sourire avec une niaise béatitude. Poussé à ce degré, l'art du déguisement devient quelque chose de plus, une transformation complète de la personnalité. En effet, quelques riens avaient beau me certifier que c'était bien Argencourt qui donnait ce spectacle inénarrable et pittoresque, combien d'états successifs d'un visage ne me fallait-il pas traverser si je voulais retrouver celui de l'Argencourt que j'avais connu, et qui était tellement différent de lui-même, tout en n'ayant à sa disposition que son propre corps ! C'était évidemment la dernière extrémité où il avait pu le conduire, sans en crever, le plus fier visage, le torse le plus cambré n'était plus qu'une loque en bouillie, agitée de-ci de-là. À peine, en se rappelant certains sourires d'Argencourt qui jadis tempéraient parfois un instant sa hauteur pouvait-on trouver dans l'Argencourt vrai celui que j'avais vu si souvent, pouvait-on comprendre que la possibilité de ce sourire de vieux marchand d'habits ramolli existât dans le gentleman correct d'autrefois. Mais à supposer que ce fût la même intention de sourire qu'eût Argencourt, à cause de la prodigieuse transformation de son visage, la matière même de l'œil par laquelle il l'exprimait, était tellement différente, que l'expression devenait tout autre et même d'un autre. J'eus un fou rire devant ce sublime gaga, aussi émollié dans sa bénévole caricature de lui-même que l'était, dans la manière tragique, M. de Charlus foudroyé et poli. M. d'Argencourt, dans son incarnation de moribond-bouffe d'un Regnard exagéré par Labiche, était d'un accès aussi facile, aussi affable que M. de Charlus roi Lear qui se découvrait avec application devant le plus médiocre salueur. Pourtant je n'eus pas l'idée de lui dire mon admiration pour la vision extraordinaire qu'il offrait. Ce ne fut pas mon antipathie ancienne qui m'en empêcha, car précisément il était arrivé à être tellement différent de lui-même que j'avais l'illusion d'être devant une autre personne, aussi bienveillante, aussi désarmée, aussi inoffensive que l'Argencourt habituel était rogue, hostile et dangereux. Tellement une autre personne, qu'à voir ce personnage ineffablement grimaçant, comique et blanc, ce bonhomme de neige simulant un général Dourakine en enfance, il me semblait que l'être humain pouvait subir des métamorphoses aussi complètes que celles de certains insectes. J'avais l'impression de regarder derrière le vitrage instructif d'un muséum d'histoire naturelle ce que peut être devenu l'insecte le plus rapide, le plus sûr en ses traits, et je ne pouvais pas ressentir les sentiments que m'avait toujours inspirés M. d'Argencourt devant cette molle chrysalide, plutôt vibratile que remuante. Mais je me tus, je ne félicitai pas M. d'Argencourt d'offrir un spectacle qui semblait reculer les limites entre lesquelles peuvent se mouvoir les transformations du corps humain.

Certes, dans les coulisses du théâtre ou pendant un bal costumé, on est plutôt porté par politesse à exagérer la peine, presque à affirmer l'impossibilité, qu'on a à reconnaître la personne travestie. Ici, au contraire, un instinct m'avait averti de les dissimuler le plus possible ; je sentais qu'elles n'avaient plus rien de flatteur parce que la transformation n'était pas voulue, et m'avisais enfin, ce à quoi je n'avais pas songé en entrant dans ce salon, que toute fête, si simple soit-elle, quand elle a lieu longtemps après qu'on a cessé d'aller dans le monde et pour peu qu'elle réunisse quelques-unes des mêmes personnes qu'on a connues autrefois, vous fait l'effet d'une fête travestie, de la plus réussie de toutes, de celle où l'on est le plus sincèrement « intrigué » par les autres, mais où ces têtes, qu'ils se sont faites depuis longtemps sans le vouloir, ne se laissent pas défaire par un débarbouillage, une fois la fête finie. Intrigué par les autres ? Hélas, aussi les intriguant nous-même. Car la même difficulté que j'éprouvais à mettre le nom qu'il fallait sur les visages, semblait partagée par toutes les personnes qui, apercevant le mien, n'y prenaient pas plus garde que si elles ne l'eussent jamais vu, ou tâchaient de dégager de l'aspect actuel un souvenir différent.

TRUMAN CAPOTE

Petit déjeuner chez Tiffany

Une certaine agitation se produisit à la porte. C'était une jeune femme qui entra en coup de vent dans un tourbillon d'écharpes et de tintements d'or. « H… H… Holly, dit-elle, agitant l'index tout en avançant, espèce de sale acc… acc… accapareuse. Monopoliser tous ces h… h… hommes fascinants. »

Elle dépassait largement un mètre quatre-vingt-cinq ; plus grande que la plupart des hommes présents. Ils se cambrèrent sur leurs ergots, rentrèrent leur estomac : c'était un défi général pour affronter sa taille vertigineuse.

« Qu'est-ce que tu fais ici ? demanda Holly, les lèvres tendues comme une corde à violon.

— Mais, r… r… rien, chérie. J'étais là-haut, je travaillais avec Yunioshi. Des trucs de Noël pour le *Ba… Bazaar*. Mais tu as l'air fâchée, chérie ? » Elle promena sur la pièce un sourire circulaire : « Vous n'êtes pas fâchés, vous, les ga… les garçons de me voir débarquer dans votre fi… fiesta ? »

Rusty Trawler émit un gloussement. Il lui saisit

le bras comme pour admirer sa musculature et lui demanda si elle voulait un verre.

« Pour ça, oui, dit-elle. Un bourbon de préférence.

— Il n'y en a *pas* », déclara Holly. Sur quoi, le colonel d'aviation se proposa pour courir en chercher.

« Oh, mais voyons, ne faisons pas de ch... ch... chichis. Je me contenterai d'ammoniaque. Holly, mon ange, dit-elle en l'écartant légèrement, ne t'occupe pas de moi. Je peux me présenter toute seule. » Elle se pencha sur O. J. Berman qui, comme bien des hommes petits en face de géantes, avait l'œil embrumé d'envie. « Je suis Mag W... W... Wildwood, de Wild...w...wood, Arkansas. En pleine brousse. »

C'était comme une danse, Berman exécutant certains pas alambiqués pour empêcher ses rivaux de lui couper l'herbe sous le pied. Il la perdit au bénéfice d'un quatuor de loustics qui gobaient ses bégayantes facéties comme du pop-corn lancé aux pigeons. Ce succès était compréhensible. Elle représentait une victoire sur la laideur, si souvent plus séduisante que la beauté véritable, ne fût-ce que par le paradoxe qui l'accompagne. Dans ce cas, en tant qu'opposé à la méthode scrupuleuse du simple bon goût et d'une mise en valeur scientifique, le tour était joué grâce à l'exagération des défauts ; elle les avait mués en avantages en les admettant hardiment. Des talons qui la grandissaient encore, si hauts que ses chevilles en tremblaient, un corsage moulant et plat indiquant qu'elle pouvait se promener sur une plage en culotte de bain ; des cheveux tirés en arrière qui accentuaient la nudité, l'émaciation de son visage de mannequin. Même son bégaiement, à coup sûr authentique mais légèrement poussé, avait été tourné à son avantage. C'était un coup de maître, ce bégaiement, car il contribuait à donner un tour original à ses banalités, et de plus, en dépit de sa taille, de son assurance, il servait à inspirer à ses interlocuteurs un sentiment protecteur. À titre d'illustration : il fallut taper dans le dos de Berman parce qu'elle avait dit : « Qui peut me d... d... dire où s... s... sont les ch... ch... chiottes ? » ; puis, dans une complète volte-face, il lui offrit le bras pour la conduire lui-même.

« Ce ne sera pas nécessaire, dit Holly. Elle est déjà venue ici. Elle sait où c'est. » Elle était en train de vider des cendriers, et quand Mag Wildwood eut quitté la pièce, elle en vida encore un et dit, ou plutôt soupira : « C'est vraiment très triste. » Elle se tut assez longtemps pour évaluer le nombre des expressions intriguées ; il y en avait suffisamment. « Et si mystérieux. On pourrait croire que ça se verrait davantage. Mais, Dieu sait, elle a l'air en bonne santé. Enfin, disons saine. C'est son côté extraordinaire. Est-ce qu'on ne dirait pas, s'enquit-elle d'un ton soucieux mais sans s'adresser à quiconque en particulier, est-ce qu'on ne dirait pas qu'elle a l'air saine ? »

Quelqu'un toussa, plusieurs déglutirent. Un officier de marine qui tenait le verre de Mag Wildwood le reposa.

« Mais après tout, dit Holly, il paraît que beaucoup de ces filles du Sud ont le même problème. » Elle frissonna délicatement et partit chercher de la glace dans la cuisine.

Mag Wildwood ne parvenait pas à comprendre l'abrupte absence de chaleur qui l'accueillit à son retour. Les conversations qu'elle amorçait faisaient long feu comme des bûches de bois vert. Plus impardonnable encore, les gens s'en allaient sans lui demander son numéro de téléphone. Le colonel d'aviation décampa pendant qu'elle avait le dos tourné. Ce fut la goutte d'eau qui fait déborder le vase. Il l'avait invitée à dîner. Soudain, elle fut complètement saoule. Et comme le gin est aux artifices ce que les larmes sont au rimmel, ses attraits se décomposèrent d'un seul coup. Elle s'en prit à tout le monde. Elle traita son hôtesse de dégénérée hollywoodienne. Elle invita un quinquagénaire à se battre avec elle. Elle déclara à Berman que Hitler avait raison. Elle ravit Rusty Trawler en le traînant de force dans un coin. « Tu sais ce qui va t'arriver, toi ? dit-elle sans le moindre bégaiement. Je vais te traîner droit au zoo et te jeter à bouffer au yak. » Il avait l'air enchanté mais elle déçut son attente en glissant sur le sol où elle s'assit en fredonnant.

« Tu es une emmerdeuse, lève-toi de là », dit Holly en enfilant une paire de gants. Le dernier carré des invités attendait à la porte et, comme l'emmerdeuse ne bougeait pas, Holly me lança un coup d'œil contrit. « Soyez un ange, voulez-vous, Fred ? Mettez-la dans un taxi. Elle habite au Winslow.

— Mais non. Au Barbizon. Regent 4-5700. Demandez Mag Wildwood.

— Fred, vous *êtes* un ange. »

Tout le monde était parti. La perspective d'enfourner une amazone dans un taxi effaça le ressentiment que je pouvais éprouver. Mais elle résolut le problème elle-même. Se relevant de son propre chef, elle me toisa avec une condescendance précaire : « Si on allait au Stork, dit-elle, gagner des ballons de la chance », et elle s'abattit de tout son long comme un chêne sous la hache. Ma première idée fut de courir à la recherche d'un docteur. Mais à l'examen son pouls était bon et son souffle régulier. Elle dormait, simplement. Après lui avoir trouvé un oreiller pour sa tête, je la laissai récupérer tout son saoul.

MAYLIS DE KERANGAL

Naissance d'un pont

La veille de l'inauguration, on s'active encore sur le pont. L'électrification de la structure imposant d'installer cent cinquante-deux lampes le long de la travée, et seize autres plus puissantes sur les tours qui seraient surmontées chacune d'un phare aérien rouge, on déroule toujours des kilomètres de câbles. Les accès s'achèvent à peine, le béton coulé encore frais sur la chaussée du pont. Aussi, on brique le métal, on surveille les oiseaux, des suspensions se balancent le long des piles pour nettoyer la moindre souillure. De part et d'autre de l'édifice, les chaînes sont hérissées de drapeaux qui claquent dans le vent, et devant la porte Coca une gigantesque estrade est installée, entourée de tribunes latérales et surmontée d'un chapiteau en meringue, un orchestre, demain, devrait se tenir là et lancer la fanfare quand le Boa viendra couper le ruban magique, quand il posera le bout de sa semelle sur la chaussée splendide, et marchera jusqu'à Edgefront, seul en avant du peuple, détendu, triomphal, offert aux regards, les bras le long du corps et la mâchoire parallèle au sol, peut-être même une rose à la main, suivi vingt minutes après par deux mille invités qui eux aussi traverseront à pied, des intimes triés sur le volet, parmi lesquels Shakira, et on espère que Mo aura réussi à s'infiltrer dans la petite foule privilégiée, il aura revêtu une chemise blanche et un pantalon de toile gris qui lui fera les hanches étroites, il prendra un plaisir dingue à traverser ce pont qui est le sien, sans casque, du soleil plein la figure. De l'autre côté de l'eau l'accueil sera triomphal : lâchers de colombes, pom-pom girls, jongleurs, danses folkloriques indiennes, défilé des polices municipales et distribution gratuite de tee-shirts siglés d'une formule magique : c = 0 %, m = 69 %, y = 100 %, k = 6 %, la définition du vermillon de la structure. Des mesures de sécurité draconiennes ont été prises, Jacob et les Indiens, parmi lesquels Buddy Loo et Duane Fisher, sont parqués sous surveillance dans un motel avec un écran géant sur Colfax ; la jeunesse est exclue des réjouissances, Matt prévoit de suivre la cérémonie depuis le belvédère, Liam vient aussi, ils emmèneront Billie, leur père a déclaré qu'il ne voulait rien voir, de toute façon, y avait la télé.

Le soir on va dîner sur l'herbe

VICTOR HUGO

Fête de village en plein air

Le bal champêtre est sous la tente.
On prend en vain des airs moqueurs ;
Toute une musique flottante
Passe des oreilles aux cœurs.

On entre, on fait cette débauche
De voir danser en plein midi
Près d'une Madelon point gauche
Un Gros-Pierre point engourdi.

On regarde les marrons frire ;
La bière mousse, et les plateaux
Offrent aux dents pleines de rire
Des mosaïques de gâteaux.

Le soir on va dîner sur l'herbe ;
On est gai, content, berger, roi,
Et, sans savoir comment, superbe,
Et tendre, sans savoir pourquoi.

Feuilles vertes et nappes blanches ;
Le couchant met le bois en feu ;
La joie ouvre ses ailes franches ;
Comme le ciel immense est bleu !

GÉRARD DE NERVAL

Sylvie

Quelques années s'étaient écoulées : l'époque où j'avais rencontré Adrienne devant le château n'était plus déjà qu'un souvenir d'enfance. Je me retrouvai à Loisy au moment de la fête patronale. J'allai de nouveau me joindre aux chevaliers de l'arc, prenant place dans la compagnie dont j'avais fait partie déjà. Des jeunes gens appartenant aux vieilles familles qui possèdent encore là plusieurs de ces châteaux perdus dans les forêts, qui ont plus souffert du temps que des révolutions, avaient organisé la fête. De Chantilly, de Compiègne et de Senlis accouraient de joyeuses cavalcades qui prenaient place dans le cortège rustique des compagnies de l'arc. Après la longue promenade à travers les villages et les bourgs, après la messe à l'église, les luttes d'adresse et la distribution des prix, les vainqueurs avaient été conviés à un repas qui se donnait dans une île ombragée de peupliers et de tilleuls, au milieu de l'un des étangs alimentés par la Nonette et la Thève. Des barques pavoisées nous conduisirent à l'île, – dont le choix avait été déterminé par l'existence d'un temple ovale à colonnes qui devait servir de salle pour le festin. – Là, comme à Ermenonville, le pays est semé de ces édifices légers de la fin du dix-huitième siècle, où des millionnaires philosophes se sont inspirés dans leurs plans du goût dominant d'alors. Je crois bien que ce temple avait dû être primitivement dédié à Uranie. Trois colonnes avaient succombé emportant dans leur chute une partie de l'architrave ; mais on avait déblayé l'intérieur de la salle, suspendu des guirlandes entre les colonnes, on avait rajeuni cette ruine moderne, – qui appartenait au paganisme de Boufflers ou de Chaulieu plutôt qu'à celui d'Horace.

La traversée du lac avait été imaginée peut-être pour rappeler le *Voyage à Cythère* de Watteau. Nos costumes modernes dérangeaient seuls l'illusion. L'immense bouquet de la fête, enlevé du char qui le portait, avait été placé sur une grande barque ; le cortège des jeunes filles vêtues de blanc qui l'accompagnent selon l'usage avait pris place sur les bancs, et cette gracieuse *théorie* renouvelée des jours antiques se reflétait dans les eaux calmes de l'étang qui la séparait du bord de l'île si vermeille aux rayons du soir avec ses halliers d'épine, sa colonnade et ses clairs feuillages. Toutes les barques abordèrent en peu de temps. La corbeille portée en cérémonie occupa le centre de la table, et chacun prit place, les plus favorisés auprès des jeunes filles : il suffisait pour cela d'être connu de leurs parents. Ce fut la cause qui fit que je me retrouvai près de Sylvie. Son frère m'avait déjà rejoint dans la fête, il me fit la guerre de n'avoir pas depuis longtemps rendu visite à sa famille. Je m'excusai sur mes études, qui me retenaient à Paris, et l'assurai que j'étais venu dans cette intention. « Non, c'est moi qu'il a oubliée, dit Sylvie. Nous sommes des gens de village, et Paris est si au-dessus ! » Je voulus l'embrasser pour lui fermer la bouche ; mais elle me boudait encore, et il fallut que son frère intervînt pour qu'elle m'offrît sa joue d'un air indifférent. Je n'eus aucune joie de ce baiser dont bien d'autres obtenaient la faveur, car dans ce pays patriarcal où l'on salue tout homme qui passe, un baiser n'est autre chose qu'une politesse entre bonnes gens.

Une surprise avait été arrangée par les ordonnateurs de la fête. À la fin du repas, on vit s'envoler du fond de la vaste corbeille un cygne sauvage, jusque-là captif sous les fleurs, qui de ses fortes ailes, soulevant des lacis de guirlandes et de couronnes, finit par les disperser de tous côtés. Pendant qu'il s'élançait joyeux vers les dernières lueurs du soleil, nous rattrapions au hasard les couronnes, dont chacun parait aussitôt le front de sa voisine. J'eus le bonheur de saisir une des plus belles, et Sylvie souriante se laissa embrasser cette fois plus tendrement que l'autre Je compris que j'effaçais ainsi le souvenir d'un autre temps. Je l'admirai cette fois sans partage, elle était devenue si belle ! Ce n'était plus cette petite fille de village que j'avais dédaignée pour une plus grande et plus faite aux grâces du monde. Tout en elle avait gagné : le charme de ses yeux noirs, si séduisants dès son enfance, était devenu irrésistible ; sous l'orbite arquée de ses sourcils, son sourire, éclairant tout à coup des traits réguliers et placides, avait quelque chose d'athénien. J'admirais cette physionomie digne de l'art antique au milieu des minois chiffonnés de ses compagnes. Ses mains délicatement allongées, ses bras qui avaient blanchi en s'arrondissant, sa taille dégagée, la faisaient tout autre que je ne l'avais vue. Je ne pus m'empêcher de lui dire combien je la trouvais différente d'elle-même, espérant couvrir ainsi mon ancienne et rapide infidélité.

Tout me favorisait d'ailleurs, l'amitié de son frère, l'impression charmante de cette fête, l'heure du soir et le lieu même où, par une fantaisie pleine de goût, on avait reproduit une image des galantes solennités d'autrefois. Tant que nous pouvions, nous échappions à la danse pour causer de nos souvenirs d'enfance et pour admirer en rêvant à deux les reflets du ciel sur les ombrages et sur les eaux. Il fallut que le frère de Sylvie nous arrachât à cette contemplation en disant qu'il était temps de retourner au village assez éloigné qu'habitaient ses parents.

ALAIN-FOURNIER

Le Grand Meaulnes

Dès qu'ils eurent disparu, l'écolier sortit de sa cachette. Il avait les pieds glacés, les articulations raides ; mais il était reposé et son genou paraissait guéri.

« Descendre au dîner, pensa-t-il, je ne manquerai pas de le faire. Je serai simplement un invité dont tout le monde a oublié le nom. D'ailleurs, je ne suis pas un intrus ici. Il est hors de doute que M. Maloyau et son compagnon m'attendaient... »

Au sortir de l'obscurité totale de l'alcôve, il put y voir assez distinctement dans la chambre éclairée par les lanternes vertes.

Le bohémien l'avait « garnie ». Des manteaux étaient accrochés aux patères. Sur une lourde table à toilette, au marbre brisé, on avait disposé de quoi transformer en muscadin tel garçon qui eût passé la nuit précédente dans une bergerie abandonnée. Il y avait, sur la cheminée, des allumettes auprès d'un grand flambeau. Mais on avait omis de cirer le parquet ; et Meaulnes sentit rouler sous ses souliers du sable et des gravats. De nouveau il eut l'impression d'être dans une maison depuis longtemps abandonnée... En allant vers la cheminée, il faillit buter contre une pile de grands cartons et de petites boîtes : il étendit le bras, alluma la bougie, puis souleva les couvercles et se pencha pour regarder.

C'étaient des costumes de jeunes gens d'il y a longtemps, des redingotes à hauts cols de velours, de fins gilets très ouverts, d'interminables cravates blanches et des souliers vernis du début de ce siècle. Il n'osait rien toucher du bout du doigt, mais après s'être nettoyé en frissonnant, il endossa sur sa blouse d'écolier un des grands manteaux dont il releva le collet plissé, remplaça ses souliers ferrés par de fins escarpins vernis et se prépara à descendre nu-tête.

Il arriva, sans rencontrer personne, au bas d'un escalier de bois, dans un recoin de cour obscur. L'haleine glacée de la nuit vint lui souffler au visage et soulever un pan de son manteau.

Il fit quelques pas et, grâce à la vague clarté du ciel, il put se rendre compte aussitôt de la configuration des lieux. Il était dans une petite cour formée par des bâtiments des dépendances. Tout y paraissait vieux et ruiné. Les ouvertures au bas des escaliers étaient béantes, car les portes depuis longtemps avaient été enlevées ; on n'avait pas non plus remplacé les carreaux des fenêtres qui faisaient des trous noirs dans les murs. Et pourtant toutes ces bâtisses avaient un mystérieux air de fête. Une sorte de reflet coloré flottait dans les chambres basses où l'on avait dû allumer aussi, du côté de la campagne, des lanternes. La terre était balayée, on avait arraché l'herbe envahissante. Enfin, en prêtant l'oreille, Meaulnes crut entendre comme un chant, comme des voix d'enfants et de jeunes filles, là-bas, vers les bâtiments confus où le vent secouait des branches devant les ouvertures roses, vertes et bleues des fenêtres.

Il était là, dans son grand manteau, comme un chasseur, à demi penché, prêtant l'oreille, lorsqu'un extraordinaire petit jeune homme sortit du bâtiment voisin, qu'on aurait cru désert.

Il avait un chapeau haut de forme très cintré qui brillait dans la nuit comme s'il eût été d'argent ; un habit dont le col lui montait dans les cheveux, un gilet très ouvert, un pantalon à sous-pieds… Cet élégant, qui pouvait avoir quinze ans, marchait sur la pointe des pieds comme s'il eût été soulevé par les élastiques de son pantalon, mais avec une rapidité extraordinaire. Il salua Meaulnes au passage sans s'arrêter, profondément, automatiquement, et disparut dans l'obscurité, vers le bâtiment central, ferme, château ou abbaye, dont la tourelle avait guidé l'écolier au début de l'après-midi.

Après un instant d'hésitation, notre héros emboîta le pas au curieux petit personnage. Ils traversèrent une sorte de grande cour-jardin, passèrent entre des massifs, contournèrent un vivier enclos de palissades, un puits, et se trouvèrent enfin au seuil de la demeure centrale.

Une lourde porte de bois, arrondie dans le haut et cloutée comme une porte de presbytère, était à demi ouverte. L'élégant s'y engouffra. Meaulnes le suivit, et, dès ses premiers pas dans le corridor, il se trouva, sans voir personne, entouré de rires, de chants, d'appels et de poursuites.

Tout au bout de celui-ci passait un couloir transversal. Meaulnes hésitait s'il allait pousser jusqu'au fond ou bien ouvrir une des portes derrière lesquelles il entendait un bruit de voix, lorsqu'il vit passer dans le fond deux fillettes qui se poursuivaient. Il courut pour les voir et les rattraper, à pas de loup, sur ses escarpins. Un bruit de portes qui s'ouvrent, deux visages de quinze ans que la fraîcheur du soir et la poursuite ont rendus tout roses, sous de grands cabriolets à brides, et tout va disparaître dans un brusque éclat de lumière.

Une seconde, elles tournent sur elles-mêmes, par jeu ; leurs amples jupes légères se soulèvent et se gonflent ; on aperçoit la dentelle de leurs longs, amusants pantalons ; puis, ensemble, après cette pirouette, elles bondissent dans la pièce et referment la porte.

Meaulnes reste un moment ébloui et titubant dans ce corridor noir. Il craint maintenant d'être surpris. Son allure hésitante et gauche le ferait, sans doute, prendre pour un voleur. Il va s'en retourner délibérément vers la sortie, lorsque de nouveau il entend dans le fond du corridor un bruit de pas et des voix d'enfants. Ce sont deux petits garçons qui s'approchent en parlant.

« Est-ce qu'on va bientôt dîner ? leur demande Meaulnes avec aplomb.

— Viens avec nous, répond le plus grand, on va t'y conduire. »

Et avec cette confiance et ce besoin d'amitié qu'ont les enfants, la veille d'une grande fête, ils le prennent chacun par la main. Ce sont probablement deux petits garçons de paysans. On leur a mis leurs plus beaux habits : de petites culottes coupées à mi-jambe qui laissent voir leurs gros bas de laine et leurs galoches, un petit justaucorps de velours bleu, une casquette de même couleur et un nœud de cravate blanc.

« La connais-tu, toi ? demande l'un des enfants.

— Moi, fait le plus petit, qui a une tête ronde et des yeux naïfs, maman m'a dit qu'elle avait une robe noire et une collerette et qu'elle ressemblait à un joli pierrot.

— Qui donc ? demanda Meaulnes.

— Eh bien, la fiancée que Frantz est allé chercher... »

Avant que le jeune homme ait rien pu dire, ils sont tous les trois arrivés à la porte d'une grande salle où flambe un beau feu. Des planches, en guise de table, ont été posées sur des tréteaux ; on a étendu des nappes blanches, et des gens de toutes sortes dînent avec cérémonie.

CHAPITRE XIV

La fête étrange (suite)

C'était dans une grande salle au plafond bas, un repas comme ceux que l'on offre, la veille des noces de campagne, aux parents qui sont venus de très loin.

Les deux enfants avaient lâché les mains de l'écolier et s'étaient précipités dans une chambre attenante où l'on entendait des voix puériles et des bruits de cuillers battant les assiettes. Meaulnes, avec audace et sans s'émouvoir, enjamba un banc et se trouva assis auprès de deux vieilles paysannes. Il se mit aussitôt à manger avec un appétit féroce ; et c'est au bout d'un instant seulement qu'il leva la tête pour regarder les convives et les écouter.

On parlait peu, d'ailleurs. Ces gens semblaient à peine se connaître. Ils devaient venir, les uns, du fond de la campagne, les autres, de villes lointaines. Il y avait, épars le long des tables, quelques vieillards avec des favoris, et d'autres complètement rasés qui pouvaient être d'anciens marins. Près d'eux dînaient d'autres vieux qui leur ressemblaient : même face tannée, mêmes yeux vifs sous des sourcils en broussaille, mêmes cravates étroites comme des cordons de souliers... Mais il était aisé de voir que ceux-ci n'avaient jamais navigué plus loin que le bout du canton ; et s'ils avaient tangué, roulé plus de mille fois sous les averses et dans le vent, c'était pour ce dur voyage sans péril qui consiste à creuser le sillon jusqu'au bout de son champ et à retourner ensuite la charrue... On voyait peu de femmes ; quelques vieilles paysannes avec de rondes figures ridées comme des pommes, sous des bonnets tuyautés.

Il n'y avait pas un seul de ces convives avec qui Meaulnes ne se sentît à l'aise et en confiance. Il expliquait ainsi plus tard cette impression : quand on a, disait-il, commis quelque lourde faute impardonnable, on songe parfois, au milieu d'une grande amertume : « Il y a pourtant par le monde des gens qui me pardonneraient. » On imagine de vieilles gens, des grands-parents pleins d'indulgence, qui sont persuadés à l'avance que tout ce que vous faites est bien fait. Certainement parmi ces bonnes gens-là les convives de cette salle avaient été choisis. Quant aux autres, c'étaient des adolescents et des enfants...

Cependant, auprès de Meaulnes, les deux vieilles femmes causaient :

« En mettant tout pour le mieux, disait la plus âgée, d'une voix cocasse et suraiguë qu'elle cherchait vainement à adoucir, les fiancés ne seront pas là, demain, avant trois heures.

— Tais-toi, tu me ferais mettre en colère », répondait l'autre du ton le plus tranquille.

Celle-ci portait sur le front une capeline tricotée.

« Comptons ! reprit la première sans s'émouvoir. Une heure et demie de chemin de fer de Bourges à Vierzon, et sept lieues de voiture, de Vierzon jusqu'ici… »

La discussion continua. Meaulnes n'en perdait pas une parole. Grâce à cette paisible prise de bec, la situation s'éclairait faiblement : Frantz de Galais, le fils du château – qui était étudiant ou marin ou peut-être aspirant de marine, on ne savait pas… –, était allé à Bourges pour y chercher une jeune fille et l'épouser. Chose étrange, ce garçon, qui devait être très jeune et très fantasque, réglait tout à sa guise dans le Domaine. Il avait voulu que la maison où sa fiancée entrerait ressemblât à un palais en fête. Et pour célébrer la venue de la jeune fille, il avait invité lui-même ces enfants et ces vieilles gens débonnaires. Tels étaient les points que la discussion des deux femmes précisait. Elles laissaient tout le reste dans le mystère, et reprenaient sans cesse la question du retour des fiancés. L'une tenait pour le matin du lendemain. L'autre pour l'après-midi.

« Ma pauvre Moinelle, tu es toujours aussi folle, disait la plus jeune avec calme.

— Et toi, ma pauvre Adèle, toujours aussi entêtée. Il y a quatre ans que je ne t'avais vue, tu n'as pas changé », répondait l'autre en haussant les épaules, mais de sa voix la plus paisible.

Et elles continuaient ainsi à se tenir tête sans la moindre humeur. Meaulnes intervint dans l'espoir d'en apprendre davantage :

« Est-elle aussi jolie qu'on le dit, la fiancée de Frantz ? »

Elles le regardèrent, interloquées. Personne d'autre que Frantz n'avait vu la jeune fille. Lui-même, en revenant de Toulon, l'avait rencontrée un soir, désolée, dans un de ces jardins de Bourges qu'on appelle *les Marais*. Son père, un tisserand, l'avait chassée de chez lui. Elle était fort jolie et Frantz avait décidé aussitôt de l'épouser. C'était une étrange histoire ; mais son père, M. de Galais, et sa sœur Yvonne ne lui avaient-ils pas toujours tout accordé !...

Meaulnes, avec précaution, allait poser d'autres questions, lorsque parut à la porte un couple charmant : une enfant de seize ans avec corsage de velours et jupe à grands volants ; un jeune personnage en habit à haut col et pantalon à élastiques. Ils traversèrent la salle, esquissant un pas de deux ; d'autres les suivirent, puis d'autres passèrent en courant, poussant des cris, poursuivis par un grand pierrot blafard, aux manches trop longues, coiffé d'un bonnet noir et riant d'une bouche édentée. Il courait à grandes enjambées maladroites, comme si, à chaque pas, il eût dû faire un saut, et il agitait ses longues manches vides. Les jeunes filles en avaient un peu peur ; les jeunes gens lui serraient la main et il paraissait faire la joie des enfants qui le poursuivaient avec des cris perçants. Au passage il regarda

Meaulnes de ses yeux vitreux, et l'écolier crut reconnaître, complètement rasé, le compagnon de M. Maloyau, le bohémien qui tout à l'heure accrochait les lanternes.

Le repas était terminé. Chacun se levait.

Dans les couloirs s'organisaient des rondes et des farandoles. Une musique, quelque part, jouait un pas de menuet… Meaulnes, la tête à demi cachée dans le collet de son manteau, comme dans une fraise, se sentait un autre personnage. Lui aussi, gagné par le plaisir, il se mit à poursuivre le grand pierrot à travers les couloirs du Domaine, comme dans les coulisses d'un théâtre où la pantomime, de la scène, se fût partout répandue. Il se trouva ainsi mêlé jusqu'à la fin de la nuit à une foule joyeuse aux costumes extravagants. Parfois il ouvrait une porte, et se trouvait dans une chambre où l'on montrait la lanterne magique. Des enfants applaudissaient à grand bruit… Parfois, dans un coin de salon où l'on dansait, il engageait la conversation avec quelque dandy et se renseignait hâtivement sur les costumes que l'on porterait les jours suivants…

Un peu angoissé à la longue par tout ce plaisir qui s'offrait à lui, craignant à chaque instant que son manteau entr'ouvert ne laissât voir sa blouse de collégien, il alla se réfugier un instant dans la partie la plus paisible et la plus obscure de la demeure. On n'y entendait que le bruit étouffé d'un piano.

Il entra dans une pièce silencieuse qui était une salle à manger éclairée par une lampe à suspension. Là aussi c'était fête, mais fête pour les petits enfants.

Les uns, assis sur des poufs, feuilletaient des albums ouverts sur leurs genoux ; d'autres étaient accroupis par terre devant une chaise et, gravement, ils faisaient sur le siège un étalage d'images ; d'autres, auprès du feu, ne disaient rien, ne faisaient rien, mais ils écoutaient au loin, dans l'immense demeure, la rumeur de la fête.

Une porte de cette salle à manger était grande ouverte. On entendait dans la pièce attenante jouer du piano. Meaulnes avança curieusement la tête. C'était une sorte de petit salon-parloir ; une femme ou une jeune fille, un grand manteau marron jeté sur ses épaules, tournait le dos, jouant très doucement des airs de rondes ou de chansonnettes. Sur le divan, tout à côté, six ou sept petits garçons et petites filles rangés comme sur une image, sages comme le sont les enfants lorsqu'il se fait tard, écoutaient. De temps en temps seulement, l'un d'eux, arc-bouté sur les poignets, se soulevait, glissait par terre et passait dans la salle à manger : un de ceux qui avaient fini de regarder les images venait prendre sa place...

Après cette fête où tout était charmant, mais fiévreux et fou, où lui-même avait si follement poursuivi le grand pierrot, Meaulnes se trouvait là plongé dans le bonheur le plus calme du monde.

Sans bruit, tandis que la jeune fille continuait à jouer, il retourna s'asseoir dans la salle à manger, et, ouvrant un des gros livres rouges épars sur la table, il commença distraitement à lire

Presque aussitôt un des petits qui étaient par terre s'approcha, se pendit à son bras et grimpa sur son genou pour regarder en même temps que lui ; un autre en fit autant de l'autre côté. Alors ce fut un rêve comme son rêve de jadis. Il put imaginer longuement qu'il était dans sa propre maison, marié, un beau soir, et que cet être charmant et inconnu qui jouait du piano, près de lui, c'était sa femme...

JEAN GIONO

Prélude de Pan

L'homme s'avança vers nous. On lui laissa le passage. Il alla à la porte, il écarta le rideau, et il sortit. Alors, comme un bœuf qu'on tire par le front, Antoine se dressa et le suivit. Et nous, on se mit à avoir le désir de suivre aussi et, l'un après l'autre, la danse nous lança dehors, dans le village, comme des graines. Le jour était couleur de soufre. Il cuisait sous le couvercle d'un gros orage. L'horloge sonna six heures du soir.

L'homme était assis sur la margelle de notre fontaine. Avec sa main il prenait de l'eau dans le bassin, et il faisait boire la colombe.

Mais, la fête !

Depuis les écoles jusqu'à l'Arbre de la Liberté la rue était pleine de gens ivres de notre ivresse. Ça tournait, ça fluait, ça battait les murs comme les remous d'une eau. C'était comme une eau d'hommes, de femmes et d'enfants mélangés, et ça dansait jusqu'à la perdition des forces. On avait, là, au nœud des hanches et au nœud des épaules, comme une main qui s'appuyait et qui forçait. De temps en temps, une porte s'ouvrait, une maison lâchait dans la danse sa ménagère avec encore la cuillère à pot dans la main ou la bûchette pour garnir le poêle ; ou bien une fille qui venait d'être arrachée à sa toilette, en jupon par le bas et en chemise par le haut et qui tournait tout de suite au milieu de nous, en levant ses bras, en montrant les grosses touffes de poils roux de dessous ses bras. Il vint comme ça la Thérèse et le fils Balarue, mariés de la veille au soir et qui ne s'étaient même pas levés depuis. Oui, ces deux-là arrivèrent nus et déjà tout suants avec la chair mise à vif par leurs caresses. Et ça entrait dans la pâte que l'homme pétrissait par la seule puissance de ses yeux, et ça entrait dans la pâte du grand pain de malheur qu'il était en train de pétrir.

Maintenant, tout le village était dans la transe. Il n'y avait plus de tables, plus de tréteaux, plus de bouteilles. La baraque aux berlingots, arrachée de ses pieux, avait flotté un moment sur nos têtes avec sa toile dressée comme une voile de barque ; puis elle était tombée sous nos pieds. On dansait parfois dans de la pâte à berlingots, et c'était dur à lever les pieds, alors. On dansait dans du vin, dans de la bière, dans de la pisse qu'on laissait aller, tout droit, sans réfléchir, dans le pantalon ou dans la jupe. Des fois, je passais à côté de Boniface et j'entendais ses han, han, d'autres fois j'étais du côté de Polyte qui répétait toujours : Voilà, voilà ; et d'autres fois, j'étais avec des filles qui avaient les cuisses en sang, et j'avais les oreilles souffletées par leurs gémissements d'herbes perdues.

Un large éclair voleta sur nos têtes comme un oiseau.

SOURCES

Ah ! la danse ! la danse Qui fait battre le cœur !

Léon TOLSTOÏ, *La Guerre et la Paix*, livre II, troisième partie, chapitre 15, traduit du russe par Henri Mongault. Édition de Pierre Pascal (Bibliothèque de la Pléiade). © Éditions Gallimard, 1945.

Honoré de BALZAC, « Le bal de Sceaux », *Nouvelles et Contes, I, 1820-1832*. Édition d'Isabelle Tournier (Quarto). © Éditions Gallimard, 2005.

Marceline DESBORDES-VALMORE, « La danse de nuit », *Poèmes inédits*.

Alfred de MUSSET, *La Confession d'un enfant du siècle*, deuxième partie, chapitre IV. Édition de Gérard Barrier (Folio Classique n° 476). © Éditions Gallimard, 1973.

Parmi les chuchotements, le champagne et les étoiles

Gustave FLAUBERT, *Madame Bovary*, première partie, chapitre VIII. Édition de Thierry Laget (Folio Classique n° 3512). © Éditions Gallimard, 2001.

Guy de MAUPASSANT, « La parure », *Contes du jour et*

de la nuit. Édition de Pierre Reboul (Folio Classique n° 1558). © Éditions Gallimard, 1984.

Oscar WILDE, « L'anniversaire de l'Infante », *Une maison de grenades*, traduit de l'anglais par François Dupuigrenet Desroussilles (Folio Bilingue n° 126). © Éditions Gallimard, 1996.

Francis Scott FITZGERALD, *Gatsby le magnifique*, chapitre III, traduit de l'américain par Philippe Jaworski (Folio n° 5338). © Éditions Gallimard, 2012.

Scintille, fourmille et babille
Le carnaval bariolé

Théophile GAUTIER, « Carnaval », *Émaux et Camées*. Édition de Claudine Gothot-Mersch (Poésie/Gallimard). © Éditions Gallimard, 1981.

Paul ÉLUARD, « Fêtes », *Les Nécessités de la vie et les conséquences des rêves*, précédé d'*Exemples* (Poésie/Gallimard). © Éditions Gallimard, 1968.

Ernest HEMINGWAY, *Le soleil se lève aussi*, chapitre XV, traduit de l'américain par Maurice-Edgar Coindreau (Folio n° 221).

Sylvain TESSON, « Le phare », *Une vie à coucher dehors* (Folio n° 5142). © Éditions Gallimard, 2009.

Dans un tourbillon d'écharpes
et de tintements d'or

STENDHAL, *Le Rouge et le Noir*, livre II, chapitre IX, « Le bal ». Édition d'Anne-Marie Meininger (Folio Classique n° 3380). © Éditions Gallimard, 2000.

Marcel PROUST, *Le Temps retrouvé*. Édition présentée par Pierre-Louis Rey, établie par Pierre-Edmond Robert et annotée par Jacques Robichez avec la collaboration de Pierre-Edmond Robert et Brian G. Rogers (Folio Classique n° 2203). © Éditions Gallimard, 1989.

Truman CAPOTE, *Petit déjeuner chez Tiffany*, traduit de l'américain par Henri Robillot (Folio Bilingue n° 76). © 1950, 1951, 1956, 1958 by Truman Capote. Copyright renewed 1978, 1979, 1984 by Truman Capote. © renewed 1986 by Alan U. Schwartz. This translation published by arrangement with Random House, Inc. © Éditions Gallimard, 1998.

Maylis de KERANGAL, *Naissance d'un pont* (Folio n° 5339). © Éditions Gallimard, 2010.

Le soir on va dîner sur l'herbe

Victor HUGO, « Fête de village en plein air », *Les Chansons des rues et des bois*. Édition de Jean Gaudon (Poésie/Gallimard). © Éditions Gallimard, 1982.

Gérard de NERVAL, « Sylvie », chapitre IV, « Un voyage à Cythère », *Les Filles du feu*, suivi des *Chimères*. Édition de Bertrand Marchal (Folio Classique n° 4219). © Éditions Gallimard, 2005.

ALAIN-FOURNIER, *Le Grand Meaulnes*, « La fête étrange », chapitres XIII et XIV (Folio n° 4943). © Éditions Gallimard, 2009.

Jean GIONO, « Prélude de Pan », *Solitude de la pitié* (Folio n° 330). © Éditions Gallimard, 1932.

Ah ! la danse ! la danse
Qui fait battre le cœur !

Parmi les chuchotements,
le champagne et les étoiles

Scintille, fourmille et babille
Le carnaval bariolé

COLLECTION FOLIO 2€

Dernières parutions

4277. Jean Giono — *Prélude de Pan* et autres nouvelles
4278. Katherine Mansfield — *Mariage à la mode* précédé de *La baie*
4279. Pierre Michon — *Vie du père Foucault* suivi de *Vie de George Bandy*
4280. Flannery O'Connor — *Un heureux événement* suivi de *La personne déplacée*
4281. Chantal Pelletier — *Intimités* et autres nouvelles
4282. Léonard de Vinci — *Prophéties* précédé de *Philosophie et d'Aphorismes*
4317. Anonyme — *Ma'rûf le savetier. Un conte des Mille et Une Nuits*
4318. René Depestre — *L'œillet ensorcelé* et autres nouvelles
4319. Henry James — *Le menteur*
4320. Jack London — *La piste des soleils* et autres nouvelles
4321. Jean-Bernard Pouy — *La mauvaise graine* et autres nouvelles
4322. Saint Augustin — *La Création du monde et le Temps* suivi de *Le Ciel et la Terre*
4323. Bruno Schulz — *Le printemps*
4324. Qian Zhongshu — *Pensée fidèle* suivi d'*Inspiration*
4325. Marcel Proust — *L'affaire Lemoine*
4326. Ji Yun — *Des nouvelles de l'au-delà*
4387. Boileau-Narcejac — *Au bois dormant*
4388. Albert Camus — *Été*
4389. Philip K. Dick — *Ce que disent les morts*
4390. Alexandre Dumas — *La dame pâle*
4391. Herman Melville — *Les encantadas, ou îles enchantées*
4392. Mathieu François Pidansat de Mairobert — *Confession d'une jeune fille*
4393. Wang Chong — *De la mort*
4394. Marguerite Yourcenar — *Le Coup de grâce*

4395. Nicolas Gogol	*Une terrible vengeance*
4396. Jane Austen	*Lady Susan*
4441. Honoré de Balzac	*Les dangers de l'inconduite*
4442. Collectif	*1, 2, 3... bonheur ! Le bonheur en littérature*
4443. James Crumley	*Tout le monde peut écrire une chanson triste* et autres nouvelles
4444. Fumio Niwa	*L'âge des méchancetés*
4445. William Golding	*L'envoyé extraordinaire*
4446. Pierre Loti	*Les trois dames de la kasbah* suivi de *Suleïma*
4447. Marc Aurèle	*Pensées. Livres I-VI*
4448. Jean Rhys	*À septembre, Petronella* suivi de *Qu'ils appellent ça du jazz*
4449. Gertrude Stein	*La brave Anna*
4450. Voltaire	*Le monde comme il va* et autres contes
4482. Régine Detambel	*Petit éloge de la peau*
4483. Caryl Férey	*Petit éloge de l'excès*
4484. Jean-Marie Laclavetine	*Petit éloge du temps présent*
4485. Richard Millet	*Petit éloge d'un solitaire*
4486. Boualem Sansal	*Petit éloge de la mémoire*
4518. Renée Vivien	*La dame à la louve*
4519. Madame Campan	*Mémoires sur la vie privée de Marie-Antoinette. Extraits*
4520. Madame de Genlis	*La femme auteur*
4521. Elsa Triolet	*Les amants d'Avignon*
4522. George Sand	*Pauline*
4549. Amaru	*La centurie. Poèmes amoureux de l'Inde ancienne*
4550. Collectif	*«Mon cher papa...» Des écrivains et leur père*
4551. Joris-Karl Huysmans	*Sac au dos suivi d'À vau l'eau*
4552. Marc Aurèle	*Pensées. livres VII-XII*
4553. Valery Larbaud	*Mon plus secret conseil...*
4554. Henry Miller	*Lire aux cabinets* précédé d'*Ils étaient vivants et ils m'ont parlé*

4555. Alfred de Musset	*Emmeline* suivi de *Croisilles*
4556. Irène Némirovsky	*Ida* suivi de *La comédie bourgeoise*
4557. Rainer Maria Rilke	*Au fil de la vie. Nouvelles et esquisses*
4558. Edgar Allan Poe	*Petite discussion avec une momie* et autres histoires extraordinaires
4596. Michel Embareck	*Le temps des citrons*
4597. David Shahar	*La moustache du pape* et autres nouvelles
4598. Mark Twain	*Un majestueux fossile littéraire* et autres nouvelles
4618. Stéphane Audeguy	*Petit éloge de la douceur*
4619. Éric Fottorino	*Petit éloge de la bicyclette*
4620. Valentine Goby	*Petit éloge des grandes villes*
4621. Gaëlle Obiégly	*Petit éloge de la jalousie*
4622. Pierre Pelot	*Petit éloge de l'enfance*
4639. Benjamin Constant	*Le cahier rouge*
4640. Carlos Fuentes	*La Desdichada*
4641. Richard Wright	*L'homme qui a vu l'inondation* suivi de *Là-bas, près de la rivière*
4665. Cicéron	*«Le bonheur dépend de l'âme seule». Livre V des «Tusculanes»*
4666. Collectif	*Le pavillon des parfums-réunis* et autres nouvelles chinoises des Ming
4667. Thomas Day	*L'automate de Nuremberg*
4668. Lafcadio Hearn	*Ma premiere journée en Orient* suivi de *Kizuki, le sanctuaire le plus ancien du Japon*
4669. Simone de Beauvoir	*La femme indépendante*
4670. Rudyard Kipling	*Une vie gaspillée* et autres nouvelles
4671. D.H. Lawrence	*L'épine dans la chair* et autres nouvelles
4672. Luigi Pirandello	*Eau amère* et autres nouvelles
4673. Jules Verne	*Les révoltés de la Bounty* suivi de *Maître Zacharius*

4674. Anne Wiazemsky — *L'île*
4708. Isabelle de Charrière — *Sir Walter Finch et son fils William*
4709. Madame d'Aulnoy — *La princesse Belle Étoile et le prince Chéri*
4710. Isabelle Eberhardt — *Amours nomades. Nouvelles choisies*
4711. Flora Tristan — *Promenades dans Londres. Extraits*
4737. Joseph Conrad — *Le retour*
4738. Roald Dahl — *Le chien de Claude*
4739. Fiodor Dostoïevski — *La femme d'un autre et le mari sous le lit. Une aventure peu ordinaire*
4740. Ernest Hemingway — *La capitale du monde* suivi de *L'heure triomphale de Francis Macomber*
4741. H. P. Lovecraft — *Celui qui chuchotait dans les ténèbres*
4742. Gérard de Nerval — *Pandora* et autres nouvelles
4743. Juan Carlos Onetti — *À une tombe anonyme*
4744. Robert Louis Stevenson — *La chaussée des Merry Men*
4745. Henry David Thoreau — *«Je vivais seul dans les bois»*
4746. Michel Tournier — *L'aire du muguet* précédé de *La jeune fille et la mort*
4781. Collectif — *Sur le zinc. Au café des écrivains*
4782. Francis Scott Fitzgerald — *L'étrange histoire de Benjamin Button* suivi de *La lie du bonheur*
4783. Lao She — *Le nouvel inspecteur* suivi de *le croissant de lune*
4784. Guy de Maupassant — *Apparition* et autres contes de l'étrange
4785. D. A. F. de Sade — *Eugénie de Franval. Nouvelle tragique*
4786. Patrick Amine — *Petit éloge de la colère*
4787. Élisabeth Barillé — *Petit éloge du sensible*
4788. Didier Daeninckx — *Petit éloge des faits divers*
4789. Nathalie Kuperman — *Petit éloge de la haine*
4790. Marcel Proust — *La fin de la jalousie* et autres nouvelles
4839. Julian Barnes — *À jamais* et autres nouvelles
4840. John Cheever — *Une américaine instruite* précédé d'*Adieu, mon frère*
4841. Collectif — *«Que je vous aime, que je t'aime!» Les plus belles déclarations d'amour*

4842. André Gide — *Souvenirs de la cour d'assises*

4843. Jean Giono — *Notes sur l'affaire Dominici* suivi d'*Essai sur le caractère des personnages*

4844. Jean de La Fontaine — *Comment l'esprit vient aux filles* et autres contes libertins

4845. Yukio Mishima — *Papillon* suivi de *La lionne*

4846. John Steinbeck — *Le meurtre* et autres nouvelles

4847. Anton Tchekhov — *Un royaume de femmes* suivi de *De l'amour*

4848. Voltaire — *L'Affaire du chevalier de La Barre* précédé de *L'Affaire Lally*

4875. Marie d'Agoult — *Premières années (1806-1827)*

4876. Madame de Lafayette — *Histoire de la princesse de Montpensier* et autres nouvelles

4877. Madame Riccoboni — *Histoire de M. le marquis de Cressy*

4878. Madame de Sévigné — *«Je vous écris tous les jours...» Premières lettres à sa fille*

4879. Madame de Staël — *Trois nouvelles*

4911. Karen Blixen — *Saison à Copenhague*

4912. Julio Cortázar — *La porte condamnée* et autres nouvelles fantastiques

4913. Mircea Eliade — *Incognito à Buchenwald...* précédé d'*Adieu !...*

4914. Romain Gary — *Les Trésors de la mer Rouge*

4915. Aldous Huxley — *Le jeune Archimède* précédé de *Les Claxton*

4916. Régis Jauffret — *Ce que c'est que l'amour* et autres microfictions

4917. Joseph Kessel — *Une balle perdue*

4918. Lie-tseu — *Sur le destin* et autres textes

4919. Junichirô Tanizaki — *Le pont flottant des songes*

4920. Oscar Wilde — *Le portrait de Mr. W.H.*

4953. Eva Almassy — *Petit éloge des petites filles*

4954. Franz Bartelt — *Petit éloge de la vie de tous les jours*

4955. Roger Caillois — *Noé* et autres textes

4956. Jacques Casanova	*Madame F.* suivi d'*Henriette*
4957. Henry James	*De Grey, histoire romantique*
4958. Patrick Kéchichian	*Petit éloge du catholicisme*
4959. Michel Lermontov	*La princesse Ligovskoï*
4960. Pierre Péju	*L'idiot de Shanghai* et autres nouvelles
4961. Brina Svit	*Petit éloge de la rupture*
4962. John Updike	*Publicité* et autres nouvelles
5010. Anonyme	*Le petit-fils d'Hercule. Un roman libertin*
5011. Marcel Aymé	*La bonne peinture*
5012. Mikhaïl Boulgakov	*J'ai tué* et autres récits
5013. Sir Arthur Conan Doyle	*L'interprète grec* et autres aventures de Sherlock Holmes
5014. Frank Conroy	*Le cas mystérieux de R.* et autres nouvelles
5015. Sir Arthur Conan Doyle	*Une affaire d'identité* et autres aventures de Sherlock Holmes
5016. Cesare Pavese	*Histoire secrète* et autres nouvelles
5017. Graham Swift	*Le sérail* et autres nouvelles
5018. Rabindranath Tagore	*Aux bords du Gange* et autres nouvelles
5019. Émile Zola	*Pour une nuit d'amour* suivi de *L'inondation*
5060. Anonyme	*L'œil du serpent. Contes folkloriques japonais*
5061. Federico García Lorca	*Romancero gitan* suivi de *Chant funèbre pour Ignacio Sanchez Mejias*
5062. Ray Bradbury	*Le meilleur des mondes possibles* et autres nouvelles
5063. Honoré de Balzac	*La Fausse Maîtresse*
5064. Madame Roland	*Enfance*
5065. Jean-Jacques Rousseau	*« En méditant sur les dispositions de mon âme... »* et autres rêveries, suivi de *Mon portrait*
5066. Comtesse de Ségur	*Ourson*
5067. Marguerite de Valois	*Mémoires. Extraits*
5068. Madame de Villeneuve	*La Belle et la Bête*

5069. Louise de Vilmorin — *Sainte-Unefois*
5120. Hans Christian Andersen — *La Vierge des glaces*
5121. Paul Bowles — *L'éducation de Malika*
5122. Collectif — *Au pied du sapin. Contes de Noël*
5123. Vincent Delecroix — *Petit éloge de l'ironie*
5124. Philip K. Dick — *Petit déjeuner au crépuscule* et autres nouvelles
5125. Jean-Baptiste Gendarme — *Petit éloge des voisins*
5126. Bertrand Leclair — *Petit éloge de la paternité*
5127. Alfred de Musset-George sand — *« Ô mon George, ma belle maîtresse... » Lettres*
5128. Grégoire Polet — *Petit éloge de la gourmandise*
5129. Paul Verlaine — *L'Obsesseur* précédé d'*Histoires comme ça*
5163. Akutagawa Ryûnosuke — *La vie d'un idiot* précédé d'*Engrenage*
5164. Anonyme — *Saga d'Eiríkr le Rouge* suivi de *Saga des Groenlandais*
5165. Antoine Bello — *Go Ganymède!*
5166. Adelbert von Chamisso — *L'étrange histoire de Peter Schlemihl*
5167. Collectif — *L'art du baiser. Les plus beaux baisers de la littérature*
5168. Guy Goffette — *Les derniers planteurs de fumée*
5169. H. P. Lovecraft — L'horreur de Dunwich
5170. Léon Tolstoï — *Le diable*
5184. Alexandre Dumas — *La main droite du sire de Giac* et autres nouvelles
5185. Edith Wharton — *Le miroir* suivi de *Miss Mary Pask*
5231. Théophile Gautier — *La cafetière* et autres contes fantastiques
5232. Claire Messud — *Les Chasseurs*
5233. Dave Eggers — *Du haut de la montagne, une longue descente*
5234. Gustave Flaubert — *Un parfum à sentir ou Les Baladins* suivi de *Passion et vertu*
5235. Carlos Fuentes — *En bonne compagnie* suivi de *La chatte de ma mère*

5236. Ernest Hemingway — *Une drôle de traversée*
5237. Alona Kimhi — *Journal de berlin*
5238. Lucrèce — *« L'esprit et l'âme se tiennent étroitement unis ». Livre III de « De la nature »*
5239. Kenzaburô Ôé — *Seventeen*
5240. P. G. Wodehouse — *Une partie mixte à trois* et autres nouvelles du green
5290. Jean-Jacques Bernard — *Petit éloge du cinéma d'aujourd'hui*
5291. Jean-Michel Delacomptée — *Petit éloge des amoureux du Silence*
5292. Mathieu Térence — *Petit éloge de la joie*
5293. Vincent Wackenheim — *Petit éloge de la première fois*
5294. Richard Bausch — *Téléphone rose* et autres nouvelles
5295. Collectif — *Ne nous fâchons pas ! ou L'art de se disputer au théâtre*
5296. Robin Robertson — *Fiasco ! Des écrivains en scène*
5297. Miguel de Unamuno — *Des yeux pour voir* et autres contes
5298. Jules Verne — *Une fantaisie du Docteur Ox*
5299. Robert Charles Wilson — *YFL-500* suivi du *Mariage de la dryade*
5347. Honoré de Balzac — *Philosophie de la vie conjugale*
5348. Thomas De Quincey — *Le bras de la vengeance*
5349. Charles Dickens — *L'embranchement de Mugby*
5350. Épictète — *De l'attitude à prendre envers les tyrans*
5351. Marcus Malte — *Mon frère est parti ce matin...*
5352. Vladimir Nabokov — *Natacha* et autres nouvelles
5353. Arthur Conan Doyle — *Un scandale en Bohême* suivi de *Silver Blaze. Deux aventures de Sherlock Holmes*
5354. Jean Rouaud — *Préhistoires*
5355. Mario Soldati — *Le père des orphelins*
5356. Oscar Wilde — *Maximes* et autres textes
5415. Franz Bartelt — *Une sainte fille* et autres nouvelles
5416. Mikhaïl Boulgakov — *Morphine*
5417. Guillermo Cabrera Infante — *Coupable d'avoir dansé le cha-cha-cha*
5418. Collectif — *Jouons avec les mots. Jeux littéraires*

5419. Guy de Maupassant	*Contes au fil de l'eau*
5420. Thomas Hardy	*Les intrus de la Maison Haute* précédé d'un autre conte du Wessex
5421. Mohamed Kacimi	*La confession d'Abraham*
5422. Orhan Pamuk	*Mon père* et autres textes
5423. Jonathan Swift	*Modeste proposition* et autres textes
5424. Sylvain Tesson	*L'éternel retour*
5462. Lewis Carroll	*Misch-Masch* et autres textes de jeunesse
5463. Collectif	*Un voyage érotique. Invitations à l'amour dans la littérature du monde entier*
5464. François de La Rochefoucauld	*Maximes* suivi de *Portrait de La Rochefoucauld par lui-même*
5465. William Faulkner	*Coucher de soleil* et autres Croquis de La Nouvelle-Orléans
5466. Jack Kerouac	*Sur les origines d'une génération* suivi de *Le dernier mot*
5467. Liu Xinwu	*La Cendrillon du canal* suivi de *Poisson à face humaine*
5468. Patrick Pécherot	*Petit éloge des coins de rue*
5469. George Sand	*La château de Pictordu*
5470. Montaigne	*De l'oisiveté* et autres Essais en français moderne
5471. Martin Winckler	*Petit éloge des séries télé*
5523. E.M. Cioran	*Pensées étranglées* précédé du *Mauvais démiurge*
5524. Dôgen	*Corps et esprit La Voie du zen*
5525. Maître Eckhart	*L'amour est fort comme la mort* et autres textes
5526. Jacques Ellul	« *Je suis sincère avec moi-même* » et autres lieux communs
5527. Liu An	*Du monde des hommes. De l'art de vivre parmi ses semblables*
5528. Sénèque	*De la providence* suivi de *Lettres à Lucilius (lettres 71 à 74)*

5529. Saâdi	*Le Jardin des Fruits. Histoires édifiantes et spirituelles*
5530. Tchouang-tseu	*Joie suprême* et autres textes
5531. Jacques De Voragine	*La Légende dorée. Vie et mort de saintes illustres*
5532. Grimm	*Hänsel et Gretel* et autres contes
5589. Saint Augustin	*L'Aventure de l'esprit et autres Confessions*
5590. Anonyme	*Le brahmane et le pot de farine. Contes édifiants du Pañcatantra*
5591. Simone Weil	*Pensées sans ordre concernant l'amour de Dieu* et autres textes
5592. Xun zi	*Traité sur le Ciel* et autres textes
5606. Collectif	*Un oui pour la vie ? Le mariage en littérature*
5607. Éric Fottorino	*Petit éloge du Tour de France*
5608. E. T. A. Hoffmann	*Ignace Denner*
5609. Frédéric Martinez	*Petit éloge des vacances*
5610. Sylvia Plath	*Dimanche chez les Minton* et autres nouvelles
5611. Lucien	*« Sur des aventures que je n'ai pas eues ». Histoire véritable*
5631. Boccace	*Le Décaméron. Première journée*
5632. Isaac Babel	*Une soirée chez l'impératrice* et autres récits
5633. Saul Bellow	*Un futur père* et autres nouvelles
5634. Belinda Cannone	*Petit éloge du désir*
5635. Collectif	*Faites vos jeux ! Les jeux en littérature*
5636. Collectif	*Jouons encore avec les mots. Nouveaux jeux littéraires*
5637. Denis Diderot	*Sur les femmes* et autres textes
5638. Elsa Marpeau	*Petit éloge des brunes*
5639. Edgar Allan Poe	*Le sphinx* et autres contes
5640. Virginia Woolf	*Le quatuor à cordes* et autres nouvelles
5714. Guillaume Apollinaire	*« Mon cher petit Lou ». Lettres à Lou*
5715. Jorge Luis Borges	*Le Sud* et autres fictions

5716. Thérèse d'Avila	*Le Château intérieur. Les trois premières demeures de l'âme*
5717. Chamfort	*Maximes* suivi de *Pensées morales*
5718. Ariane Charton	*Petit éloge de l'héroïsme*
5719. Collectif	*Le goût du zen. Recueil de propos et d'anecdotes*
5720. Collectif	*À vos marques ! Nouvelles sportives*
5721. Olympe De Gouges	*« Femme, réveille-toi ! » Déclaration des droits de la femme et de la citoyenne* et autres écrits
5722. Tristan Garcia	*Le saut de Malmö* et autres nouvelles
5723. Silvina Ocampo	*La musique de la pluie* et autres nouvelles
5758. Anonyme	*Fioretti*
5759. Gandhi	*En guise d'autobiographie*
5760. Leonardo Sciascia	*La tante d'Amérique*
5761. Prosper Mérimée	*La perle de Tolède* et autres nouvelles
5762. Amos Oz	*Chanter* et autres nouvelles
5794. James Joyce	*Un petit nuage* et autres nouvelles
5795. Blaise Cendrars	*L'Amiral*
5796. Collectif	*Pieds nus sur la terre sacrée. Textes rassemblés par T. C. McLuhan*
5797. Ueda Akinari	*La maison dans les roseaux* et autres contes
5798. Alexandre Pouchkine	*Le coup de pistolet* et autres récits de feu Ivan Pétrovitch Bielkine
5818. Mohammed Aïssaoui	*Petit éloge des souvenirs*
5819. Ingrid Astier	*Petit éloge de la nuit*
5820. Denis Grozdanovitch	*Petit éloge du temps comme il va*
5821. Akira Mizubayashi	*Petit éloge de l'errance*
5835. F. Scott Fitzgerald	*Bernice se coiffe à la garçonne* précédé du *Pirate de la côte*
5836. Baltasar Gracian	*L'art de vivre avec élégance. Cent maximes de* L'Homme de cour
5837. Montesquieu	*Plaisirs et bonheur* et autres pensées
5838. Ihara Saikaku	*Histoire du tonnelier tombé amoureux* suivi d'*Histoire de Gengobei*
5839. Tang Zhen	*Des moyens de la sagesse* et autres textes

Composition Nord compo
Impression Novoprint
à Barcelone, le 13 octobre 2014
Dépôt légal : octobre 2014

IBSN 978-2-07-045973-5./Imprimé en Espagne.